*Yo no vengo a decir un discurso*

新经典文化有限公司
www.readinglife.com
出 品

# 我不是来演讲的

加西亚·马尔克斯 著

李静 译

马尔克斯照片由Ulf Andersen授权使用

# 目 录

1　责任学堂

5　我是如何走上创作道路的

11　为了你们

15　另一个故乡

19　拉丁美洲的孤独

29　敬诗歌

33　致新千禧年

41　达摩克利斯之剑

49　无法摧毁的信念

55　新千年的序言

61　我不在这里

- 65　恭祝贝利萨里奥·贝坦库尔七十大寿
- 71　我的朋友穆蒂斯
- 83　人见人爱的阿根廷人
- 89　拉丁美洲确实存在
- 99　不一样的天性,不一样的世界
- 107　新闻业:世上最好的职业
- 119　致语言之神的漂流瓶
- 125　二十一世纪遐想
- 129　远离却深爱的祖国
- 135　敞开心扉,拥抱西语文学
- 141　编者的话

## 责任学堂

1944年11月17日 哥伦比亚 锡帕基拉

在锡帕基拉国立男子中学 1944 届毕业典礼上的讲话,毕业生是比他高一级的学长。由于一笔奖学金,加夫列尔·加西亚·马尔克斯得以在该校住校完成高中学业。

所有这种社会活动,都会指定某人做个演讲。而他总会找个最合适的话题,当着众人说上一通。但我不是来演讲的。今天,我选择了一个高贵的话题——友情。关于友情,该说些什么呢?趣闻轶事、名人名言?这能写上好几页纸,却失之空泛。各位不妨问问自己,为何会对某人最有好感,最愿说知心话,便会明白今日活动的目的。

这批同学即将踏入社会,日常生活的点点滴滴,结成我们与他们之间牢不可破的纽带,这就是友情,也就是今天我要谈论的话题。再次重申,我不是来演讲的。我只想请各位先公正地做个裁决,再与他们共伤离别之情。

在座即将各奔东西的有:运动场上可爱的达达尼昂[①]——亨

---

[①] 达达尼昂和三个火枪手是法国作家大仲马(Alexandre Dumas,1802–1870)的小说《三个火枪手》中的人物。

利·桑切斯和他的三个火枪手豪尔赫·法哈多、奥古斯托·隆多尼奥和埃尔南多·罗德里格斯；形影不离的拉斐尔·昆卡和尼古拉斯·雷耶斯；伟大的"试管骑士"里卡多·冈萨雷斯和辩论场上的危险分子阿尔弗雷多·加西亚·罗梅罗，这二位情同手足，堪称典范；政界及报界的未来精英胡利奥·比利亚法尼亚和罗德里戈·雷斯特雷波；一丝不苟的米格尔·安赫尔·洛萨诺和吉列尔莫·鲁维奥；心地淳厚的温贝托·海梅斯、曼努埃尔·阿雷纳斯、萨穆埃尔·韦尔塔和埃内斯托·马丁内斯；机智幽默的阿尔瓦罗·尼维亚；和而不同，但都向往成功的海梅·丰塞卡、埃克托尔·奎利亚尔和阿尔弗雷多·阿吉雷；同名且同想为国争光的卡洛斯·阿吉雷和卡洛斯·阿尔瓦拉多；手不释卷的阿尔瓦罗·巴克罗、拉米罗·卡德纳斯和海梅·蒙托亚；最后还有，决不会让我的预言落空的胡利奥·塞萨尔·莫拉莱斯和吉列尔莫·桑切斯。这批同学注定将成为哥伦比亚的栋梁。为了这个相同的理想，他们将动身去寻找光明。

听完每位同学的优点，就请各位与我一道，做出公正裁决：我谨代表国立男子中学和社会宣布，（借用西塞罗[①]的话）这批同学正步入责任学堂，成为智慧公民。

尊敬的听众，我的话完了。

---

[①] 西塞罗（Marcus Tullius Cicero，前106—前43），古罗马政治家、演说家、文学家，著有"西塞罗三论"，其中之一为《论责任》。

## 我是如何走上创作道路的

1970年5月3日  委内瑞拉  加拉加斯

在加拉加斯文化艺术中心的讲话。后被刊登在波哥大《观察家报》上。胡安·卡洛斯·萨帕塔在《加博①出生在加拉加斯,而非阿拉卡塔卡》一文中记述了当时情形:记者尼古拉斯·特林卡多得知加夫列尔·加西亚·马尔克斯出席论坛,前去采访,见他"身材消瘦,蓄着浓密的小胡子,点着根烟"。他给听众讲的那个"在脑子里想了好几年"的故事,后来成为1974年路易斯·阿尔科利萨执导的《预感》电影剧本。

---

① 加夫列尔的昵称。

首先,请原谅我坐着说话。因为如果我站着,恐怕会吓得两腿发软,瘫倒在地。真的!我原以为,这辈子最可怕的五分钟会是在一架飞机上面对着二三十名乘客,而不是像现在这样面对着两百位朋友。说到这儿,正好给了我一个由头谈起文学。对我而言,文学创作就和登台演讲一样,都是被逼的。我承认,为了不来开这次大会,我什么点子都动过:我想生病,染上肺炎;想理发,让理发师用刀割了我的脖子;最后,我灵机一动,不穿西装,不打领带,这样,正式会议应该就会谢绝我入场了。可我忘了,这里是委内瑞拉,穿件衬衫哪儿都能去。因此,我还是坐在了这里,不知该说些什么,就说说我是如何走上创作道路的吧!

我本来没想过要当作家。学生时代,波哥大《观察家报》的文学副刊主编爱德华多·萨拉梅亚·博尔达在报上说,新生代对文学毫无贡献,写短篇小说的没有,写长篇小说的也没有。他只登老朽的文章,不登年轻人的。他说,不是他不登,是年轻人不写。

这话激发了我对同代人的集体荣誉感。我决定写个短篇,去堵爱德华多·萨拉梅亚·博尔达的嘴,他是我的挚友,至少后来成为了我的挚友。我坐下来,写了个短篇,投到《观察家报》,等到下一个周日翻开报纸,我吓了一跳:那个短篇登了个全版,爱德华多·萨拉梅亚·博尔达公开认错,说了些"此文标志着哥伦比亚文坛新星诞生"之类的话。

这下我可真犯了愁,我对自己说:"瞧我惹了多大的麻烦!怎样才能不让爱德华多·萨拉梅亚·博尔达下不来台呢?"答案是:继续写。但选材是个问题:动笔前,我得先想故事。

出了五本书后,我明白了一个道理,坦白说,写作恐怕是这世上唯一越做越难做的行当。当年那个短篇,我坐一下午,轻轻巧巧就写完了;可如今,写一页纸都要费我老大的劲。我写作的方法便如刚才所说:事先根本不知道要写什么,写多少。得先想故事,有好故事,脑子里多过几遍,等它慢慢成形。想好了——有时候要想好多年,《百年孤独》就足足想了十九年——想好了,再坐下来写,接下来就是最麻烦、最无趣的阶段了。想故事最有趣,要怎么把故事编圆,一遍遍想,一遍遍琢磨。那么多遍想下来,真要动笔,反而没劲了,至少我觉得没劲。

我来讲一个在脑子里想了好几年、编得挺圆的故事。现在讲了,等哪天写出来,你们会发现它已经变得面目全非,正好也可以观察其中的演变。想象一下:从前,有个很小的村子,村里住着个老太太。老太太有两个孩子,儿子十七,女儿还不到十四。一天,老太太一脸愁容地端来早饭,孩子们见了,问她怎么了,她说:"我也不知道,一早起来,总觉得村里会有大难。"

孩子们笑她,说老太太就这样,尽瞎想。儿子去打台球,碰到一个双着①,位置极好,绝对一击就中。对手说:"我赌一个比索,你中不了。"大家都笑了,这儿子也笑了,可一杆打出去,还真的没中,就输了一个比索。对手问他:"怎么回事?这么容易都击不中?"儿子说:"是容易。可我妈一早说村里会有大难,我心慌。"大家都笑他。赢钱的人回到家,妈妈和一个表妹或孙女什么的女亲戚在家。他赢了钱,很高兴,说:"达马索真笨,让我轻轻巧巧赢了个比索。""他怎么笨了?""笨蛋都能打中的双着他打不中。说是他妈一早起来说村里会有大难,他心慌。"

妈妈说:"老人家的预感可笑不得,有时候真灵。"那女亲戚听了,出门买肉,对卖肉的人说:"称一磅肉。"卖肉的正在切,她又说:"称两磅吧!都说会有大难,多备点好。"卖肉的把肉给了她。又来了位太太,也说要称一磅,卖肉的说:"称两磅吧!都说会有大难,得备点吃的,都在买。"

于是,那老妇人说:"我孩子多,称四磅吧!"就这样称走

---

①台球术语,指主球在一次击球期间与两个目标球接触。

了四磅肉。之后不再赘述。卖肉的半小时就卖光了肉,然后宰了头牛,又卖光了。谣言越传越广,后来,村里人什么都不干了,就等着出事。下午两点,天一如既往的热。突然有人说:"瞧,天真热!""村里一直这么热!"这里的乐器都用沥青修补,因为天热,乐师们总在阴凉的地方弹奏,要是在太阳底下,乐器非晒散架不可。有人说:"这个点儿,没这么热过!""就是,没这么热。"街上没人,广场上也没人,突然飞来一只小鸟,顿时一传十,十传百:"广场上飞来一只小鸟。"大家惊慌失措地跑去看小鸟。

"诸位,小鸟飞来是常事!""没错,可不是在这个点儿。"人们越来越紧张,万念俱灰,想走又不敢走。有人说:"我是大老爷们,有什么好怕的,我走!"说着,就把家具、孩子、牲口通通装上了车。大家眼睁睁地看着他走过中央大道,都说:"他敢走,我们也走。"于是全村都开始收拾,物品、牲口通通带走。就剩最后一拨人了,有人说:"还有房子呢!可别留在这儿遭难。"就一把火把房子给烧了,其他人也跟着烧,好比在经历一场战乱,个个抱头鼠窜。人群中,就见那有预感的老太太说:"我就说会有大难,还说我疯了!"

### 为了你们

1972年8月2日　委内瑞拉　加拉加斯
领取《百年孤独》赢得的第二届罗慕洛·加列戈斯①国际小说奖

---

①罗慕洛·加列戈斯（Rómulo Gallegos，1884－1969），委内瑞拉小说家、政治家，代表作为《堂娜芭芭拉》，1948年2月15日至11月24日任委内瑞拉总统。罗慕洛·加列戈斯国际小说奖创立于1964年8月6日，表彰西班牙语世界最杰出的小说。

颁奖地点在巴黎剧院。评委会成员有：马里奥·巴尔加斯·略萨、安东尼娅·帕拉西奥斯、埃米尔·罗德里格斯·莫内加尔、何塞·路易斯·卡诺和多明戈·米利亚尼。据报载，除获奖小说《百年孤独》外，入围的还有:胡安·贝内特的《沉思》、吉列尔莫·卡夫雷拉·因方特的《三只悲虎》、米格尔·奥特罗·席尔瓦的《我想哭的时候，不哭》。

我曾发誓绝不做两件事：领奖和演讲。今天，我硬着头皮，头一回连破两例。在座的都是朋友，请大家在精神上支持我，帮我度过这个难挨的下午。

我一向认为：当作家，不是为了拿奖。对其他看法，我表示尊重。但为名所累的道理大家都懂。我也一向认为：作家之所以是作家，并无过人之处，不过是除了这行，别的什么都干不了。闭门码字并不比鞋匠制鞋高明多少，得名得利都不合适。然而，我来不是为了道歉，不是为了鄙薄以美洲经典文学大师命名的奖项，我来，是和大家联欢的。我想通了。是什么让我违背原则，放下顾虑的呢？朋友们，我来，是因为我在这片土地上年轻过、落魄过、幸福过，我对它一往情深；我来，是因为委内瑞拉的朋友为人仗义、一辈子爱说笑、确实了不起，我爱他们，支持他们。我来，是为了他们，也就是说，为了你们。

# 另一个故乡

1982 年 10 月 22 日　墨西哥城
领取阿兹台克雄鹰勋章后的讲话

授奖礼在总统官邸松林别墅贝努斯蒂亚诺·卡兰萨①厅举行。在场的有墨西哥共和国总统何塞·洛佩斯·波蒂略和哥伦比亚外交部长罗德里戈·略雷达。按照外交礼仪，勋章由墨西哥外交部长豪尔赫·卡斯塔涅达－阿尔瓦雷斯·德拉罗萨授予。这是墨西哥政府给予外国人的最高奖赏。

---

① 贝努斯蒂亚诺·卡兰萨（Venustiano Carranza，1859－1920），墨西哥革命领导人，1917年至1920年间任墨西哥第一届立宪总统，1920年5月21日被暗杀。

接过这枚阿兹台克雄鹰勋章，两种原本素不相识的情感——感激与自豪——同时涌上心头。勋章见证了我和妻子对这个国家的一往情深。二十多年前，我们选择在这里生活，我的孩子在这里成长，我的作品在这里完成，我栽的树苗在这里洒下绿荫。

　　六十年代，当我郁郁寡欢、落魄无依时，墨西哥的朋友支持我，鼓励我，让我继续创作。当年的处境被我写在了《百年孤独》里，具体哪章我忘了。过去十年，当成功接踵而至，宣传铺天盖地，扰乱我个人生活时，墨西哥朋友的谨言慎行和体贴入微，让我找回了内心的安宁，得以不受干扰地继续我的木匠活计①。墨西

---

① 马尔克斯于1998年接受采访时曾说："文学创作就是催眠。作家给读者施催眠术，让他什么也不想，只想作家正跟他讲的这个故事。想让读者长眠不醒，得要大量的钉子、螺钉和铰链。我把这个叫木匠活，也就是讲故事的技巧、写作技巧和电影制作技巧。灵感是一回事，情节是另一回事，如何将情节呈现出来，变成真正能吸引读者的文学作品，没木匠活，做不了。"

哥不是我的第二故乡,它是我的另一个故乡。它无条件地付出,从不计较我对祖国的热爱与忠诚,我对祖国时时刻刻的思念。

然而,我感动于墨西哥政府授予我的这份荣耀,还不仅仅因为墨西哥是我生活过、并正在其中生活的国家。总统先生,我还认为,贵国政府的这枚勋章也同样授予了所有栖身于墨西哥的流亡者。我明白,我不能代表任何人,我的情况并没有代表性。我也明白,我目前在墨西哥的生存状况,与近十年来绝大多数侥幸逃来的难民不可相提并论。不幸的是,在我们生活的这片大陆,独裁仍未远去,屠杀尚在眼前。今时今日,有太多被逼无奈的流亡,不同于我当年的自愿选择。虽然,这是我个人的言论,但我知道,许多人会有同感。

总统先生,感谢您打开的这扇门。拜托,无论如何,千万别关上。

拉丁美洲的孤独

1982 年 12 月 8 日　瑞典　斯德哥尔摩
诺贝尔文学奖颁奖典礼

斯德哥尔摩音乐厅。小说家加夫列尔·加西亚·马尔克斯和六名科学家——肯尼斯·威尔逊(物理学奖)，阿龙·克卢格（化学奖），苏恩·伯格斯特龙、本格特·萨米尔松和约翰·R.范恩（医学奖），乔治·J.斯蒂格勒（经济学奖）——从瑞典国王卡洛斯十六·古斯塔沃和王后西尔维娅手中接过著名的诺贝尔奖章。颁奖典礼上，加夫列尔·加西亚·马尔克斯作为焦点人物，没有穿庄重的燕尾服，而是身着地道的加勒比西装①，打破了诺贝尔奖的颁奖习俗。

---

① liqui-liqui，哥伦比亚传统服饰。

随麦哲伦一道进行首次环球航行的佛罗伦萨水手安东尼奥·皮加菲塔，途经南美时如实记下的所见所闻，竟好似一部奇思妙想的历险记。他说见过肚脐长在背上的猪，雌鸟伏在雄鸟背上孵蛋的无爪鸟，以及形似鹈鹕、勺形喙的无舌鸟。他说见过骡头、骡耳、骆驼身、鹿脚、马嘶的怪物，还说曾给在巴塔哥尼亚遇上的第一个土著照镜子，那大个子土著一激灵，被镜子里的自己吓得魂飞魄散。

在这本篇幅不长、引人入胜的小书里，甚至已能窥见现代小说的萌芽，但它还远非当年最令人瞠目的史料。西印度群岛的史学家们留下了更惊人的书山文海。令人垂涎的黄金国，本是虚构的产物，却长年出现在不少地图上，位置形状随绘图员的臆想千差万别。为了寻找永葆青春泉，传奇人物阿尔瓦尔·努涅斯·卡维萨·德巴卡耗时八年勘察墨西哥北部，远征队员痴念成疯,同类相食,六百人去,五人生还。还有很多其他的不解之谜,如一万一千头各驮一百磅黄金的骡子,从库斯科出发去赎还印加国王阿塔瓦尔帕,可一头也没到达目的地。后来,殖民时期,卡塔赫纳出售过一批在冲积土上饲养的母鸡,鸡胗里发现了金粒。我们那些开国者的黄金热,直到不久前还阴魂不散。上世纪,有个德国代表团研究在巴拿马地峡建造跨洋铁路的可能性,下结论说这地方铁少,要建,就得用金。

我们摆脱了西班牙人的统治,却没有摆脱疯狂。安东尼奥·洛佩斯·德圣安纳将军三任墨西哥独裁者,曾为自己在"糕点战争"中失去的右腿举办隆重的葬礼;加夫列尔·加西亚·莫雷诺将军如专制君主般统治了厄瓜多尔十六年,死后身着戎装,胸前挂满勋章,端坐在总统宝座上供人吊唁;马克西米利亚诺·埃尔南德斯·马丁内斯将军,萨尔瓦多的暴君,神智学者,曾惨无人道地一次性屠杀了三万农民,还发明了检测食物是否有毒的钟摆,下令用红纸罩住路灯,以防猩红热;特古西加尔巴中心广场上的弗朗西斯科·莫拉桑将军[1]像,其实根本是奈伊将军[2]像,是从旧货市场淘来的二手货。

十一年前,当代著名诗人、智利的巴勃罗·聂鲁达[3]曾用诗

---

[1] 弗朗西斯科·莫拉桑(Francisco Morazán, 1792−1842),洪都拉斯政治家、军人,出生于特古西加尔巴。
[2] 米歇尔·奈伊(Michel Ney, 1769−1815),法国军人,拿破仑一世麾下的18名"帝国元帅"之一。
[3] 巴勃罗·聂鲁达(Pablo Neruda, 1904−1973),智利诗人,1971年获诺贝尔文学奖。

歌辉耀此地。那之后，拉丁美洲亦真亦幻的新闻如潮水般涌入了心地善良抑或居心不良的欧洲人的视野。在那片广袤的土地上，有胡思乱想的男人，有载入史册的女人，永不妥协的精神铸就了一段段传奇。而生活在其中的我们，从未享过片刻安宁。一位普罗米修斯式的总统①曾因守在火光熊熊的总统府，孤身抵挡一支军队，直至战死；另一位高尚的总统②与一名重塑民众尊严、推行民主制度的军人③死于两起至今原因不明的可疑空难。

五次战争，十七次军事政变，还冒出一个恶魔似的独裁者，打着上帝的旗号率先开展了拉丁美洲当代的种族文化灭绝。与此同时，两千万拉美儿童不满两岁夭折，超过一九七〇年以来欧洲出生的人口总数。镇压与迫害造成的失踪人口近十二万，好比乌普萨拉④全城市民不知去向。难以计数的孕妇被捕后，在阿根廷监狱分娩，婴儿被军政府秘密送养或送进孤儿院，至今下落不明。为了让此类事件不再发生，约二十万拉美人献出了自己的生命，其中有十多万丧身于尼加拉瓜、萨尔瓦多、危地马拉这三个中美洲恣意妄为的小国。若以相同比例换算至美国，

---

① 指萨尔瓦多·阿连德（Salvador Allende，1908-1973），1970年11月4日至1973年9月11日间任智利总统。1973年，皮诺切特发动军事政变，阿连德因守总统府拉莫内达宫，直至战死。
② 指海梅·罗尔多斯·阿吉莱拉（Jaime Roldós Aguilera，1940-1981），1979年8月10日至1981年5月24日间任厄瓜多尔总统，1981年因空难丧生。
③ 指奥马尔·托里霍斯·埃雷拉（Omar Torrijos Herrera，1929-1981），曾任巴拿马国民警卫队司令，1981年在一起空难中丧生。
④ 瑞典城市。

相当于四年内横死一百六十万人。

智利本是好客之国，居然也有百分之十的人口——一百万人亡命天涯。乌拉圭是个两百五十万人口的小国，在拉美国家中文明程度最高，却也流放了五分之一的人口。自一九七九年起，萨尔瓦多内战几乎每二十分钟就制造一名难民。拉美各国的流亡者与难民，加起来比挪威总人口还多。

我斗胆认为，是拉丁美洲异乎寻常的现实，而不仅仅是其文学的表现形式，引起了瑞典文学院的极大关注。现实并非纸上之物，它就在我们身边，每天左右无数生死，同时也滋养着永不枯竭、充满了美好与不幸的创作源泉，我这个四处漂泊、思乡心切的哥伦比亚人只是蒙幸运女神的眷顾。现实是如此匪夷所思，生活在其中的我们，无论诗人或乞丐，战士或歹徒，都无需太多想象力，最大的挑战是无法用常规之法使别人相信我们真实的生活。朋友们，这就是我们孤独的症结所在。

如果连我们自己也被难倒，那么，生活在地球这边、理性至上、沉醉于自身文化的人自然就更无法明白我们了。不难理解他们会坚持用衡量自身的标准来衡量我们，忘记了生活的苦难因人而异。自我追寻的路上荆棘丛生、鲜血淋漓，他们走过，我们在走。用他人的标准解释我们的现实，只会让我们变得越来越陌生，越来越拘束，越来越孤独。可敬的欧洲如果想想他们的过去，再来对比我们的现在——记起伦敦花了三百年才建起第一道城墙,又花三百年才有了一位主教;罗马迷失了两千年,才由一位伊特鲁里亚国王确立其历史地位;如今爱好和平,出产有孔奶酪、精密钟表的瑞士,十六世纪还在以雇佣兵的身份血洗欧洲;即便在文艺复兴顶峰,神圣罗马帝国军队中的一万两千名德国雇佣兵也曾对罗马烧杀抢掠,刺死八千罗马人——也许会更理解我们一些。

托尼奥·克勒格尔①的梦想是将纯洁的北方与热情的南方融为一体,五十三年前,托马斯·曼曾在此地对此大加赞赏。今天,我无意再次扮演这书中人的角色,但我相信,头脑清楚的欧洲人,同样为建设更人道、更公正的伟大国家而奋斗的欧洲人,只要彻底修正看待我们的方式,就能给我们提供更好的帮助。对于梦想在世界民族之林拥有一席之地的人民来说,如果支持仅限于声援,没有落实成合法的行动,我们的孤独感是丝毫不会因之减少的。

拉丁美洲不情愿、也没有理由成为任人摆布的棋子,此外也不会去幻想西方国家能打心眼儿里支持我们独立、独特的发展计划。航海技术的进步缩短了美洲与欧洲的地理距离,却加大了彼此的文化距离。为什么文学上的独特性可以被全盘接受,却对我们独立自主、举步维艰的社会变革疑虑重重、全盘否决呢?为什么认为欧洲发达国家在本国推行的社会公正无法在不

---

① Tonio Kröger,德国作家、1929 年诺贝尔文学奖得主托马斯·曼(Thomas Mann, 1875 – 1955)于 1903 年创作的同名小说的主人公。

同条件下、以不同方式成为拉美国家的奋斗目标？不，历史上众多的战乱与伤痛，源于世世代代的不公和无休止的苦难，而非千里之外的诡计阴谋。可许多的欧洲领导人、思想家偏不信。他们忘了自己也曾年少轻狂、锐意进取，幼稚地以为不听两个超级大国的摆布，只会走投无路。朋友们，瞧，我们有多孤独！面对压迫、掠夺和遗弃，我们的回答是：活下去。无论洪水、瘟疫、饥荒、灾难，还是连绵不绝、永不停息的战火，都无法战胜生的顽强，生命对死亡的优势。

如今，这优势还在扩大，而且速度越来越快：世界年净增人口已达七千四百万，相当于纽约人口的七倍。人口大多出生在贫困国家，其中当然包括拉美。与此同时，最繁荣的几个国家却积聚了足够大的破坏力，不仅能将现存总人口毁灭一百次，还能将在这个倒霉星球上存在过的所有生物尽数毁灭。

也是在像今天这样的一个日子，我的导师威廉·福克纳[①]在这里说："我拒绝接受人类末日。"如果我还没有充分认识到，三十二年前被他拒绝接受的巨大灾难，如今在人类历史上已首次从科学角度成为可能，我会愧对这个他曾经站过的位置。这令人震惊的现实在人类史上曾经只是个乌托邦式的空想，而我们这些相信一切皆有可能的寓言创造者有权相信：反转这个趋势，再乌托邦一次，还为时不晚。那将是一种全新的、颠覆性

---

[①] 威廉·福克纳（William Faulkner, 1897 – 1962），美国作家，1949年获诺贝尔文学奖。

的生活方式：不会连如何死，都掌握在别人手里，爱真的存在，幸福真的可能，那些注定经受百年孤独的家族，也终于永远地享有了在大地上重生的机会。

## 敬诗歌

1982 年 12 月 10 日　瑞典　斯德哥尔摩
在瑞典国王与王后招待诺贝尔奖得主宴会上的讲话

晚宴设在斯德哥尔摩市政府蓝色宴会厅。加西亚·马尔克斯在《有幸不用排队》（发表于1983年5月4日，收录于《报刊作品5：新闻稿1961—1983》）中回忆道："他们让我在一张打印表上签名，将领奖辞与《敬诗歌》的版权授予诺贝尔文学奖基金会。《敬诗歌》是我在最后一刻，和诗人阿尔瓦罗·穆蒂斯一起赶写出来的。之后，我又为基金会成员在瑞典语版作品上签名……"

感谢瑞典文学院颁给我这个奖,让我有幸与大师为伍。在我埋首读书、痴迷写作、自娱自乐的日子里,他们曾指引过我,丰富了我的精神生活。到今天,大师及其作品既成为了我的守护神,也意味着获奖后压在我心头沉甸甸的责任。他们获奖,我认为是实至名归;而我获奖,是上天又在敲打我,提醒我:天意莫测,人如棋子,大多惨淡收场,要么不被理解,要么被人遗忘。

因此,我不禁反躬自问,深入内心,寻找自我,寻找答案:是什么支撑了我的作品,是什么引起了评委的注意,能让挑剔的他们感同身受?不谦虚地讲,想通不易,希望我说出的答案能一语中的。朋友们,在我看来,这是对诗歌又一次表示敬意。因为诗歌,老荷马的《伊利亚特》中数不胜数的各色船只乘风破浪,穿越历史,勇往直前;因为诗歌,但丁用区区三层脚手架就撑起了中世纪这座沉重宏伟的工厂;<sup>①</sup>因为诗歌,伟大的、最伟大的诗人巴勃罗·聂鲁达在《马丘比丘之巅》中用生花妙笔,描绘了破碎的美梦,抒发了千年的忧伤,重现了南美的辉煌。诗歌是平凡生活中的神秘能量,可以烹熟食物,点燃爱火,任人幻想。

写下每一行字,我都会祈求诗神的庇佑,运气时好时坏。诗神不易亲近、未卜先知,其力量从来都超越对一切充耳不闻的死亡之神。我希望写下的每个字,都能体现我对它的虔诚。获奖让我聊以自慰,还好,努力没有白费。在此,我提议,为伟大的美洲诗人路易斯·卡多索-阿拉贡[②]干杯,是他将诗歌定义为人类存在的唯一实证。谢谢大家。

---

① 这里指意大利诗人但丁(Dante Alighieri,1265-1321)创作的史诗《神曲》,全诗分三部分:《地狱》、《炼狱》和《天堂》。
② 路易斯·卡多索-阿拉贡(Luis Cardoza y Aragón,1901-1992),危地马拉作家、诗人。

## 致新千禧年

1985年11月29日　古巴　哈瓦那
第二届"维护拉美各国主权"知识分子大会

美洲之家。在第二届知识分子大会开幕式上的重要讲话。在场的有：弗雷·贝托、埃内斯托·卡德纳尔、胡安·博什、丹尼尔·比列蒂、奥斯瓦尔多·索里亚诺和其他三百多名拉美知识分子。

我常问自己：我们为何要召开知识分子大会？除了极个别的会议在我们的时代确有其历史意义，如一九三七年在西班牙巴伦西亚召开的那次，其余大部分都只是聚众消遣，华而不实。然而，奇怪的是，世界危机越严重，会议就越多，规模就越大，成本也越高。一个诺贝尔文学奖得主一年便能招来近两千封邀请函，邀他出席各种形式的作家大会、艺术节、座谈会、讲习班，地点遍布全球，每天至少三场。有个机构，会议频仍，费用全包，一年之内就换了三十一个地点轮流召开，有罗马、阿德莱德这样令人垂涎的城市，有斯塔万格、伊韦尔东这样令人惊讶的城市，还有些城市的名字——波利法尼克斯、科诺克，简直能做填字游戏。会议多如牛毛，议题也多如牛毛，以致去年，在阿姆斯特丹的莫伊登城堡召开了世界诗歌大会组织者会议。知识分子只要愿意，可以在会议上出生，在会议上成长、成熟——

除了赶场之外，绝无中断——直至在此生的最后一场会议上死亡。这不是危言耸听，绝对可行。

然而，想改变自平达罗①为古代奥运会唱赞歌以来，文化艺术家们早已养成的习惯，恐怕为时已晚。当年，脑力劳动者与体力劳动者相处得比现在融洽，运动场上，诗人的声音与田径运动员的成绩同样受人尊敬。而自公元前五〇八年起，罗马人就预见到，运动会若召开得太多，危害就会太大。那几年，设立了百年运动会，后来又设立了特伦蒂诺斯运动会，每一百或一百零三年举办一次，今天看来，实为典范。

至于文化聚会，早在中世纪就已出现。辩论赛、诵诗会、赛诗会，后来是诵赛诗会，开创了至今仍令人深受其害的传统：以比赛开场，以吵架结束。这些聚会曾盛极一时，路易十四在位期间，开幕式上的宴会气派非凡：十九头牛、三千块蛋糕、两百多桶葡萄酒。我发誓，今日重提此事绝非鼓励效仿。

最著名的诵赛诗会是图卢兹诗会，始于六百六十年前，经世不辍，是迄今开设最早、历时最久的诗会。创始人克莱门西亚·伊绍拉美丽动人，聪慧进取。唯一的问题是似乎并没有这个人，她只是创立比赛的七位行吟诗人为防普罗旺斯诗歌湮灭无闻的凭空杜撰。克莱门西亚·伊绍拉的不存在更加印证了诗歌的创造力，图卢兹有安葬她的金色教堂、以她名字命名的街道和

---

①平达罗（Pindaro，前518－前438），古希腊诗人，其诗作曾被选作古代奥林匹克运动会上的胜利者赞歌。

专门缅怀她的纪念碑。

说了这么多,我们也该问问自己:来这里干什么?尤其是我,一个一向视演讲为畏途的人,高坐在这讲台上干什么?回答不敢,但可以向大家提个倡议:我们要为绝大多数知识分子大会所不为——求务实、求延续。

这次会议的确与众不同。与会的除了作家、画家、音乐家、社会学家、历史学家,还有知名科学家。换言之,我们敢将科学与艺术混为一谈,将预言与实证,古往今来都势不两立的灵感与实验、直觉与理智相提并论。圣-琼·佩斯[①]在他令人难忘的诺贝尔文学奖领奖辞中说:"科学家也好,诗人也罢,应该表彰的都是他们思想的无私。"至少在这儿,他们不再为敌,面对同样的奥秘,他们发出同样的追问。

科学只与科学家有关的想法本身是反科学的,正如诗歌只与诗人有关的想法反诗歌。对此,联合国教科文组织的表述不清,祸害不浅,让人误以为科学、教育、文化是三码事——但其实是一码事。文化是创造力的总称,是人类智慧的社会成果,雅克·朗[②]曾一针见血地指出:"文化便是一切。"欢迎大家,欢迎大家来到我们共同的家。

---

[①] 圣-琼·佩斯(Saint-John Perse,1887—1975),法国诗人,1960年获诺贝尔文学奖。
[②] 雅克·朗(Jack Lang,1939— ),法国政治家,曾任法国文化部长和教育部长。

我只想为这三天的精神归隐冒昧提几点思考。首先,我想提醒各位,又或许用不着提醒,各位早已明白:二十世纪末的任何中期规划都是二十一世纪规划。新世纪近在咫尺,拉美和加勒比人却将有如之前错过二十世纪一样,只受其苦,未得其乐。二〇〇一年来临时,全球将有一半人欢庆旧千年的结束,而我们才初享工业革命的成果。下个世纪,我们的命运将掌握在今天的小学生手中。有每秒运算十万次的电脑,他们却还像远古时代那样,只能扳着指头数数。更糟的是,在这一百年里,我们还丧失了十九世纪最可贵的美德:狂热的理想主义和对感情的重视,对爱的恐惧。

下一个千年的某一刻,基因学将使人长生不老,电子智能将创作出全新的《伊利亚特》,俄亥俄州或乌克兰的一对情侣将人在月球,心系地球,在地球光的照耀下,在花园暖房中坠入爱河。可拉美和加勒比地区仍将为现实所困:地质灾害、政治动荡、社会动乱、日常生计,以及种种依附、穷困和分配不公,让我们无暇吸取昨日教训,思索明天的计划。阿根廷作家罗道尔夫·特拉格诺总结道:"我们也使用 X 光和晶体管收音机、冷阴极管和电子录像带,却从未将当代文化的基础吸收进我们的本土文化。"

幸好,拉美和加勒比地区还有一项决定性的储备,那是一种足以改变世界的能量,即,危险的国民记忆。它是一笔巨大的文化遗产,作为一项最早的多功能原材料,时刻陪伴在我们左右。它是一种抵抗文化,藏在语言的角落里,体现在手工业者的保护神、民众抵抗殖民教会所创造的真正奇迹——黑白混血的圣母像上。它是一种团结文化，面对累累罪行不屈不挠，为了主权身份揭竿而起。它是一种抗议文化，庙宇中手工打造的天使长着印第安人的脸庞，积雪之歌中苦苦祈求的是死神无声的力量。它是一种日常文化，体现在厨艺、服饰、独具特色的迷信和私密的爱情仪式里。它是一种欢庆、离经叛道、神秘莫测的文化，能够挣脱现实的束缚，化解理智与想象、言语与表情之间的矛盾，证明任何观念迟早都会被生命超越。这种力量来源于我们的落后。这种美丽新颖的能量，注定只属于我们，而我们有它便已足够。无论帝国主义如何贪得无厌，政府压迫如何粗暴残忍，心底梦想如何难以启齿，我们都不会屈服。革命也是一种文化产物，是志向与创造力的宣泄，要求我们、同时也让我们有理由去相信未来。

如果我们至少能找到新的方式，组织引导民众排山倒海的创造力，加强创造者之间的团结与交流，对创造出的作品赋予历史延续性以及更广的社会实用性，推动"精神创造"这一最神秘、最孤独的行业发展，那么，这次会议就比世界上每天举办的其他会议胜出一筹，贡献卓著。新千禧年即将到来，政治决策刻不容缓，让我们告别作为"局外人"的五个世纪，坚定不移地迈入新世纪。

达摩克利斯之剑

1986年8月6日　墨西哥　伊斯塔帕-锡瓦塔内霍

六国集团第二届峰会

在六国集团（阿根廷、墨西哥、坦桑尼亚、希腊、印度和瑞典）为应对核威胁而召开的和平与裁军会议开幕式上的讲话。各国元首均出席了会议：阿根廷总统劳尔·阿方辛、墨西哥总统米格尔·德拉马德里·乌尔塔多、希腊首相安德里亚斯·帕潘德里欧、瑞典首相英瓦尔·卡尔松、印度总理拉吉夫·甘地和坦桑尼亚总理朱利叶斯·尼雷尔。

最后一声爆炸。一分钟后，人类死亡大半，陆地浓烟滚滚，灰尘蔽日，世界重新陷入混沌。冬日，下着橙色的暴雨，刮着寒冷的飓风。海洋上气候颠倒，陆地上江河倒流。鱼儿在沸水中渴死，鸟儿找不到天空。积雪覆盖撒哈拉沙漠，冰雹砸毁广阔的亚马逊雨林，一把将它从地图上抹去。地球从摇滚乐与心脏移植的时代重归早期冰河时代。灭顶之灾于黑色星期一下午三点降临，有特权躲进防空洞的人和极少数幸存者只是暂时保住性命，之后还是会因恐怖的记忆而死去。万物毁灭，潮气漫天，黑夜无尽，唯一活下来的只有蟑螂。

总统们，首相们，朋友们：

我无意效仿使徒约翰流放拔摩岛时的胡言乱语①，只想提前

---

① 典出《新约》，约翰被罗马王放逐到希腊拔摩岛，在那里完成《启示录》，描绘了世界末日的景象。

描绘一下也许在此时此刻就会降临的宇宙灾难。世界强国弹药库里时刻高度警备的核弹药只要有意无意地爆炸那么一点，宇宙灾难便会即刻降临。

这是真的。在今天，一九八六年八月六日，全球共部署了五万多枚核弹头。通俗一点讲，这意味着每个人——包括儿童在内——都坐在一只四吨重的火药桶上，这些弹药可将地球上的所有生命毁灭十二次。如此巨大的杀伤力，如同悬在头顶的达摩克利斯之剑，理论上还能将围绕太阳公转的其他四个星球也一并毁灭，危及太阳系平衡。任何科学、艺术或其他工业都不可能像核工业那样，诞生区区四十一年，便以几何级数飞速发展。人类智慧的任何其他创造也都不可能像核工业那样，可以主宰地球的命运。

寥寥数语勾勒出的恐怖场景，如果说还能给我们留下一丝一点的安慰的话，那就是，在这个地球上，保护生命依然比制造核瘟疫的成本要低。然而，最富裕国家的地下核弹药库已足以制造出《启示录》中的可怕场景，人民的生活却因此而改善无期。

儿童方面。这笔账用小学算术就能算清。一九八一年，联合国儿童基金会制定了一项计划，旨在解决全球五亿最贫困儿童的最基本问题，包括基础医疗，基础教育，改善卫生条件，提供食品及饮用水，共需美金一千亿。听起来像做梦，不可能办到。然而，制造一百架 B-1B 战略轰炸机和不到七千枚的巡航导弹就要花掉美国政府二百一十二亿美金。

健康方面。美国政府计划在二〇〇〇年前建造十五艘尼米兹级核动力航空母舰，其中十艘的成本便足以在这十四年间实施疟疾预防计划，使十多亿人免罹病痛，挽救一千四百多万非洲儿童的生命。

粮食方面。据联合国粮农组织计算，去年，全球共有五亿七千五百万人忍饥挨饿，以平均热量计，他们总共需要摄入的能量，成本还不到一百四十九枚MX导弹，而西欧正打算安置二百二十三枚。二十七枚MX导弹即可帮助贫困国家购买今后四年所需的农业器械，确保足够的粮食收成。该计划的花费还不到一九八二年苏联军费预算的九分之一。

教育方面。只需美国政府计划建造的二十五艘三叉戟核潜艇中的两艘，或苏联正在建造的台风级核潜艇中的两艘，全球扫盲便可最终实现。此外，今后十年内第三世界所需建造校舍、培养师资的费用，用二百四十五枚三叉戟II型核导弹就足以支付，余下的四百一十九枚可再支付十五年的教育投入。

最后，取消第三世界国家的一切外债，确保十年内经济复苏，只需全球军费十年支出的六分之一多一点就能达成。除了大量的财力耗费，人力的耗费更让人痛心：军事工业网罗了人类历史上最庞大的人才队伍，其他行业望尘莫及。我们的人才不应该在那儿，而应该在这儿，在这张桌旁。把他们从那些位置上解脱出来，才能帮我们在教育界、司法界寻求摆脱野蛮的唯一方式：创造一种和平的文化。

尽管形势严峻，危害确凿，军备竞赛却一刻也未停止。就在吃午饭的这会儿，又造好了一枚新的核弹头；明早一觉醒来，富国的核弹药库里又会多出九枚核弹头。只需一枚，便能把尼亚加拉瀑布喷成檀香味儿，哪怕只香秋天一个周日。

当代一位伟大的小说家曾有过这样的疑问：地球是否会成为其他星球的噩梦？也许，地球只是一座从造物主手中滑落、遗留在广袤宇宙的远郊、失去记忆的村落，它没那么伟大。然而，我们越来越相信，它是太阳系唯一存在奇妙的生命活动的星球。这无情的现实令我们得出沮丧的结论：军备竞赛与智慧背道而驰。

军备竞赛不仅有悖人类智慧，也有悖连诗歌都无法捕捉其意图的自然本身的智慧。自地球出现生命以来，经过三亿八千万年，才开出一朵仅供欣赏的玫瑰花；又经过四个地质代，人类才使自己有别于祖先直立猿人，唱歌比鸟动听，懂得为爱而死。在科学的黄金时代，想按个按钮，就让苦苦走过几亿年的星球回到起点，对人类智慧而言，极不光彩。

今日我们相聚一堂，声援无数呼吁无核世界、公正和平的人，以防噩梦成真。不过，即使噩梦成真，我们今日的相聚也绝非徒劳无功。大爆炸后的几万万亿年，一只高歌凯旋的蝾螈将重新走上生物进化的道路。或许，它会被加冕为新世界里的绝代佳人。届时，出席加冕仪式的嘉宾是否会和我们此刻一样胆战心惊,这取决于我们:科学界、文学界、艺术界的人士,充满智慧、爱好和平的人士。在这儿,我下定决心,斗胆提议,此时此刻,让我们设计建造一艘能躲过核灾难的记忆方舟,往时间的海洋里扔一只漂流瓶,让新人类了解蟑螂无法传递的信息:这里有过生命。我们曾饱经磨难,忍受不公,但我们也曾体验过爱,甚至幻想过幸福。我们要让生活在所有世代的人知道:灾难由谁造成;是谁对我们的呼吁充耳不闻,无视我们对美好和平的生活方式的向往;又是什么混账发明,出于什么龌龊的利益,让我们在宇宙间消失。

## 无法摧毁的信念

1986年12月4日 古巴 哈瓦那
拉丁美洲新电影基金会总部，EICTV学校揭幕式基金会总部位于马里亚瑙的一座老宅——圣芭芭拉别墅。加夫列尔·加西亚·马尔克斯以会长身份,在圣安东尼奥·德洛斯巴尼奥斯国际影视学校(EICTV,俗称"三个世界学校")的揭幕式上发表讲话。

一切要从门口那两座高压线塔说起。两座可怕的塔，两只蛮不讲理的水泥长颈鹿。一位无情寡义的官员事先没跟屋主打招呼，便下令将它们建在屋前花园。此时此刻，一亿一千万伏的高压正从我们头顶经过，足以为一百万台电视机或两万三千台三十五毫米电影放映机供电。消息惊动了菲德尔·卡斯特罗，六个月前，他亲临现场视察，看看有没有什么补救之法，我们这才发现，我们魂牵梦绕的拉丁美洲新电影基金会可以设在这里。

高压线塔还在那儿，房子越修越美，它们自然就被越衬越丑。我们试过用棕榈和花枝遮掩，可它们实在太丑，怎么也遮不住。要想反败为胜，办法只有一个：别当它们是高压线塔，就当是两座无可救药的雕塑。

拉丁美洲新电影基金会的总部在此地定居之后，我们才知道，这座房子的历史既非自这双塔而始，也不会因它们而终；而且，与这房子有关的许多故事都既非真实，亦非虚假——它们是电影。各位想必都看得出，托马斯·古铁雷斯·埃雷阿在这里拍摄过《幸存者》。如今，电影完成八年，古巴革命胜利二十七年。影片中的画面既非幻想世界中的真实，也非古巴历史中的谎言，而是真实与虚构间的第三种现实——电影现实的一部分。

很少能有这么合适的房子让我们起程，迈向拉美电影融合的终极目标。我们的目标就是这么单纯，就是这么狂妄。单纯固然不会招来批评，但头一年便口出狂言定会招来指责。今天是圣芭芭拉日，基金会恰好成立一周年，巧得很，这房子原本也叫圣芭芭拉。

下周，拉丁美洲新电影基金会将从古巴政府得到一项捐赠，对此，我们感激不尽。感激古巴政府前所未有的慷慨，让菲德尔·卡斯特罗一举成为世界上最名不见经传的电影人。我所说的这项捐赠，就是用当今最好的技术、为亚非拉培养专业人才的圣安东尼奥·德洛斯巴尼奥斯国际影视学校。学校仅八个月就已落成，各国教师也已招募完毕，还录取了一批学生，今日大多在座。校长费尔南多·比利向来实事求是，前不久他面不改色心不跳地对阿根廷总统劳尔·阿方辛说，这将是"人类历史上最好的一所影视学校"。

办校自然是基金会工作的重头戏，但并非唯一要做的事。培养出专业人才，却无事可干，岂非花大代价增加失业人口？

因此，在这头一年里，我们已开始为拉美影视业的繁荣打下坚实的基础。首批工作如下：

与独立制片人合作，制作了两部故事片、三部纪录片，均由拉美导演执导；五集电视剧，每集一小时，独立成篇，由拉美五个不同国家的影视剧导演执导。

近日正组织选拔，帮助拉美年轻电影人制作或完成影视剧。

争取在拉美各国乃至欧洲一些国家的首都开设专门的电影放映厅，常年放映拉美各时期电影，并做相关研究。此项目已正式进入运行。

每年在基金会拉美各国分会组织电影爱好者竞赛，挖掘人才，为国际影视学校选拔学生。

研究拉美影视现状，建立拉美电影视听信息库和首个第三世界独立影片资料馆。

撰写拉美电影史，编纂西班牙语影视词典。

由基金会墨西哥分会负责，以国别为单位，收集有关拉美新电影的重要文献资料。

在哈瓦那电影节期间，号召拉美各国政府及电影机构修正其国内的国产影片保护法，因其中不少条文与拉美电影融合的宗旨背道而驰。

一九五二年至五五年间,在座的四位——分管电影的文化部副部长胡利奥·加西亚·埃斯皮诺萨、拉丁美洲新电影教皇费尔南多·比利、杰出的艺术家托马斯·古铁雷斯·埃雷阿和一心想做电影导演却一直没做成的我,同在罗马电影实验中心学习。从那时起,我们就像今天这样,讨论拉美该做什么样的电影,又该怎样去做。我们都从意大利新现实主义电影中汲取灵感,一致认为那种我们一直没有尝试过的低成本、人性化的电影值得效仿。尤其是,从那时起,我们都意识到,真要做拉美电影,就要走融合之路。三十年后的今天下午,来自拉美各国、各年龄段的人们还在如痴如醉地讨论着同一个话题,这又一次证明,无法摧毁的信念能够压倒一切。

在罗马的那段日子,我去摄制组帮过忙,平生唯一一次。学校选我在影片《可惜是个坏女孩》中担任亚历桑德罗·布拉塞蒂导演的第三助理,让我欣喜若狂。有机会使个人得到锻炼固然可喜,但更可喜的是,有机会见到女主角索菲亚·罗兰——虽然其实根本见不着:一个月里,我的工作就是在街角拉警戒线,不让好奇者闯入。不凭写小说换来的那些名声,就凭我好歹当过第三助理,从未当过一家之主的我斗胆在这个大家庭里当个会长,代表电影界的众多有识之士说两句话。

这里是你们的家,所有人的家。现在只缺一块醒目的招牌,写上紧急通告:"接受捐赠"。赶紧去挂。

## 新千年的序言

1990 年 3 月 4 日　委内瑞拉　加拉加斯
"想象与虚构：1914–1989，拉丁美洲绘画 75 年"画展开幕式画展由委内瑞拉批评家罗伯托·格瓦拉编排设计，米拉格罗斯·马尔多纳多组织协调，加拉加斯美术馆展出。演讲作为序言，被收入展览画册。

参展的有：哥伦比亚的安东尼奥·巴雷拉和阿尔瓦罗·巴里奥斯，古巴的何塞·贝迪亚，巴西的西伦·佛朗哥，墨西哥的胡利奥·加兰，阿根廷的吉列尔莫·奎特卡，古巴的安娜·门迭塔，委内瑞拉的"小鸟"胡安·文森特·埃尔南德斯和潘丘·基利西，波多黎各的阿纳尔多·罗切，巴西的"老马"安东尼奥·何塞·德梅略·莫乌拉奥和委内瑞拉的卡洛斯·塞尔帕。

这个胆大妄为的画展开幕之时，正值人类求变的历史性时刻。三年前，米拉格罗斯·马尔多纳多起意组织画展时，世界还在这行将就木的千年里最糟糕的百年之一——二十世纪的阴影中徘徊。互不相容的教义，实用主义的想法，写在纸上，却进不了我们的内心。总以为我们正如火如荼地披荆斩棘、勇往直前，不料何处刮来一阵大风，将泥足的巨人吹出了裂缝，提醒我们，不知何时，路走错了。但是，别以为这条路会越走越黑，相反，它会越走越亮，迎来一个思想彻底解放、无人约束、自我做主的新世界。

一四九二年，当一队欧洲航海者在前往印度的途中与这片土地不期而遇时，我们生活在前哥伦布时代的祖先也许有过与我们今天类似的经历。远祖们不识火药与指南针，却识鸟语，能用脸盆预知未来。也许当年，他们仰望浩瀚星空，早已猜到了地球就像橙子那样圆。他们对今天的学问一无所知,可他们善于想象。

　　于是,他们用黄金国的传说抗击侵略者。声称在那个神奇的国度,国王浑身涂满金粉,在圣湖中洗浴。侵略者问怎么走,他们五指张开,随手一指:"从这儿,转那儿,再往那儿。"路越指越多,混乱一团,错误不堪,永远都要再往前一点点,再往那儿一点点,再过去一点点,没有办法记认。贪婪的探险者们迷失了回程的路。黄金国没人找到过,没人见到过,因为它就没存在过。然而,它的诞生,宣告了中世纪的结束和一个伟大时代——文艺复兴的开始。社会变化之大,从名称一望便知。

　　五个世纪后,尼尔·阿姆斯特朗在月球上留下足迹,人类又一次为之震动。另一个新时代到来了!当时,我们正在西西里南部的潘泰莱里亚荒岛上度假,盯着电视上那只神秘的脚在月球表面一通乱探,心都提到了嗓子眼儿。我们是两对拉美夫妇,带着孩子,外加两对欧洲夫妇,也带着孩子。紧张的等待过后,那只对月球来说属于外星人的脚终于落在了冰冷的浮土上,节目主持人说出了那句几世纪前就想好的话:"终于,人类首次踏上了月球。"见证历史,大家都有些飘飘然,只有拉美孩子异口同声地问:"才首次?胡说八道!"之后就垂头丧气地离开了房间。对他们来说,凡想象过的(如黄金国),都发生过。征服太空这种事,他们在摇篮里就想象过,当然早就发生过。只有拉美的儿童会这样。

在不远的将来,将再没有白纸黑字的预言,也再没有不切实际的幻想。许多事昨天是真的,明天未必就是。也许,形式逻辑学会退化成课本上的陈旧观念、错误典型。也许,当今社会复杂尖端的通讯科技会简化为传心术。那将是文化尚古主义的世界,基本的工具是想象。

我们将迈入拉丁美洲时代。创造性的想象是新世界最丰富、最必需的基础材料,而拉丁美洲是它的第一生产者。今天,这里有一百名想入非非的画家,他们的一百幅作品不仅生动展示了拉丁美洲的现状,还对这片有待发现的大陆做出了伟大的预测:这里的死神会败在幸福手下,这里的生活会永远更加太平,时间更充裕,身体更健康,食物更热乎,伦巴更柔美,一切会更好。一句话:会有更多的爱。

## 我不在这里

1992 年 12 月 8 日　古巴　哈瓦那
拉丁美洲新电影基金会放映厅揭幕式

格劳贝尔·罗沙[①]放映厅是拉丁美洲新电影基金会总部的文化设施。放映厅也兼文化中心,除放映电影外,还举办讲习班、国内会议和国际会议,上演舞台剧、舞蹈表演及室内音乐会。

---

① 格劳贝尔·罗沙(Glauber Rocha,1939-1981),巴西导演、编剧、演员。

今天上午，我在欧洲的一份报纸上读到我不在这里。我不奇怪，因为我以前还听说过我卷走了菲德尔·卡斯特罗送给我的家具、书籍、唱片和官邸藏画，并通过使馆设法将一部拙劣的反古巴革命的小说原稿带离了古巴国境。

在座的各位刚才不知道，现在总该知道了。这就是今天下午我不能在这里为放映厅揭幕的原因。这间放映厅，就像电影本身（以及所有的电影人）一样，也许不过是个视觉幻象。它让我们如此担惊受怕、忐忑不安，时至今日，哥伦布发现新大陆后的五百年一个月零二十六天，我们依然不敢相信：梦想成真，它建成了。

历史上诞生过的奇迹数不胜数，其中最具决定性的当属令人瞩目的科学发展。那是另一个照进现实的伟大梦想，电影从未有过这么优秀能干、乐于助人的邻居。当放映厅遇到困难、落成无望时,他们来敲我们的门,雪中送炭,不求回报。今天,拉丁美洲新电影基金会投桃报李,与古巴科学界的朋友共同分享这一刻,相信,我们会有很多的共同语言。这说法一点也不新鲜。圣-琼·佩斯在他精彩的诺贝尔文学奖领奖辞中就论证过,科学与艺术是如何溯本同源,异曲同工。你们瞧,我不在这里,能说的话也不少。说不定,经此盛事鼓舞,我还会高兴地把卷走的家具、书籍和手稿运回来。希望托里拆利定律能帮我们从别处搬来几块基石,多做几件这样的好事。

## 恭祝贝利萨里奥·贝坦库尔[①]七十大寿

1993 年 2 月 18 日  哥伦比亚  波哥大

---

[①] 贝利萨里奥·贝坦库尔(Belisario Betancur, 1923- ),哥伦比亚政治家,1982 年至 1986 年间任哥伦比亚总统。

祝寿会在何塞·亚森松·席尔瓦①诗社举行。哥伦比亚前总统贝坦库尔出生于2月4日，提议为他祝寿的有：加夫列尔·加西亚·马尔克斯、阿尔瓦罗·穆蒂斯、阿方索·洛佩斯·米切尔森、赫尔曼·阿西涅加斯、赫尔曼·埃斯皮诺萨、阿维拉多·福雷罗·贝纳维德斯、埃尔南多·巴伦西亚·戈埃尔克、拉斐尔·古铁雷斯·希拉多特、安东尼奥·卡瓦列罗、达里奥·哈拉米略·阿古德洛以及诗社主席玛丽亚·梅塞德斯·卡兰萨。

---

① 何塞·亚森松·席尔瓦（José Asunción Silva, 1865－1896），哥伦比亚诗人，现代主义诗歌的先驱者之一。

有一次，我算错了时差，凌晨三点往总统府打电话，结果还是总统亲自接的，让原本就失礼的我更觉慌张。"别担心，"他声若洪钟地对我说，"摊上这么个苦差事，我还真没别的点儿能读诗。"原来，位高权重的共和国总统贝利萨里奥·贝坦库尔当时正在趁报纸没到、没被俗事困扰、忙得焦头烂额之前，重读堂佩德罗·萨利纳斯①的数学诗。

九百年前，伟大的阿基坦公爵威廉九世在与敌方交战之际，也曾夜不能寐，挑灯创作放荡不羁的讽喻诗和美好浪漫的爱情诗。亨利八世毁过珍稀书库，砍过托马斯·莫尔的脑袋，却也有作品被收入伊丽莎白时代的文集。沙皇尼古拉一世亲自帮普希金改诗，免得他通不过自己严格施行的书刊审查制度。历史没有对

---

① 佩德罗·萨利纳斯（Pedro Salinas，1891–1951），西班牙"二七年一代"诗人，曾将数学符号融入诗中，创作出别具一格的数学诗。

贝利萨里奥·贝坦库尔如此绝情，因为与其说他是一名热爱诗歌的统治者，倒不如说他是一位受到命运捉弄、饱尝了权位之苦的诗人。诗歌是他一生的志向，曾害他十二岁就在亚鲁马尔中学栽过大跟头。事情是这样的：贝利萨里奥当时被 rosa、rosae、rosarum① 烦得够呛，即兴赋诗一首。没念过克维多，诗句中却有明显的克维多痕迹；没念过冈萨雷斯，八音节诗倒也做得四平八稳。

> 主啊，主啊，求求你，
> 让拉丁文老师
> 遭天打雷劈吧！
> 我们会一直求下去。

第一个遭天打雷劈的是他自己——当场开除。上帝明白自己在做什么，否则，我们怎么能在这里祝贺哥伦比亚领袖的七十大寿？

现在的年轻人想象不出当年我们将诗歌置于何等崇高的地位。我们不说高中一年级，而说文学一年级；虽然也学了化学、三角，但学位还是文学。在我们这些外省人眼里，波哥大不是首都，不是政府所在地，而是冷冷细雨中，诗人的住所。我们

---

① 拉丁语中"玫瑰"一词的名词变格。

相信诗歌,更坚信——如路易斯·卡多索-阿拉贡所说——它是人类存在的唯一实证。因为诗歌,哥伦比亚落后了差不多半个世纪才迈入二十世纪。那种激情四溢的狂热无处不在。掀开地毯,想用扫帚把垃圾扫进去,不行,那儿有诗歌;翻开报纸,哪怕是经济版、法制版,那儿有诗歌;咖啡杯里的残渣,写着我们的命运,那儿有诗歌;就连汤里都有①诗歌,爱德华多·卡兰萨②就找到过:"双眼透过汤中冒出的居家天使凝望。"豪尔赫·罗哈斯③精妙绝伦的杂感文字中也有:"美人鱼不张腿,因她只有带鳞的鱼尾。"④丹尼尔·阿朗戈⑤也曾将"生存价值之完美体现"这样一句完美的十一音节诗潦草地写在食品店的玻璃橱窗上。连公厕便池中都藏着它,那是罗马人说的:"不惧上帝,要怕梅毒。"常常,我们怀着儿时去动物园的敬畏,前往黄昏时分常有诗人聚会的咖啡馆。大师莱昂·德格雷夫⑥教大伙儿输了棋不气恼、对帅小伙儿不手软,尤其在言语上不气短。当贝利萨里奥·贝坦库尔和一群安蒂奥基亚地区的毛头小伙子一起,戴着蝙蝠式的宽檐毡帽,穿着中世纪学者长袍,神气十足地离乡闯荡时,波哥大就是这样一座城市。他来这儿,就是要去诗人聚集的咖啡馆。在那里,他如

---

① 此处原文为 hasta en la sopa,原意为"连汤里都有",引申义则为"无处不在"。
② 爱德华多·卡兰萨(Eduardo Carranza, 1913-1985),哥伦比亚诗人。
③ 豪尔赫·罗哈斯(Jorge Rojas, 1911-1995),哥伦比亚诗人。
④ 杂感(greguería)是一种短小精悍、恢谐幽默的文体,往往也是一种文字游戏。此句也可理解为"美人鱼不张腿,因她心存疑虑"。
⑤ 丹尼尔·阿朗戈(Daniel Arango, 1921-2008),哥伦比亚作家。
⑥ 莱昂·德格雷夫(León de Greiff, 1895-1976),哥伦比亚诗人。

鱼得水，如鸟投林。

　　后来，他开始忙得不可开交。再后来，大家都知道，他当上了共和国总统，日理万机——那也许是他对诗歌的唯一一次背叛。哥伦比亚没有哪个总统像他那样，需要同时处理使人家破人亡的地震、伤亡惨重的火山爆发和两场血雨腥风的战争。这个多灾多难的国度，在一个多世纪前，人们还在为了生存自相残杀。我以为，他之所以能一一化解这些危机，不仅凭借其卓越的政治胆识——这当然不在话下——更仰赖他身为诗人战胜困境的超凡能力。

　　贝利萨里奥活了七十岁，终于丢掉形形色色不肯以诗人自居的借口，对一份青年杂志袒露心声，实可谓古稀之年，不失体面地重焕青春的美好方式。因此，我觉得，我们今天的好友聚会选在诗社再合适不过，尤其是在这个依然能听见何塞·亚森松清晨蹑手蹑脚、倾听玫瑰花语的诗社。今天，许多热爱贝利萨里奥的朋友又相聚在这里。贝利萨里奥没当总统前，我们爱他；他当总统时，我们同情他；如今他无职无权、无欲无求、自在洒脱，我们更爱他。

## 我的朋友穆蒂斯

1993年8月25日　哥伦比亚　波哥大

阿尔瓦罗·穆蒂斯七十大寿

哥伦比亚总统府纳里尼奥官,加夫列尔·加西亚·马尔克斯在好友阿尔瓦罗·穆蒂斯七十大寿寿宴上的演讲,当时,总统塞萨尔·加维里亚授予穆蒂斯博亚卡十字勋章。2007年11月26日,在第二十一届瓜达拉哈拉书展上,哥伦比亚作为主宾国,前总统贝利萨里奥·贝坦库尔经坐在一旁的"加西亚·马尔克斯同意",再次宣读该文章,向阿尔瓦罗·穆蒂斯致敬。

阿尔瓦罗·穆蒂斯跟我说好，绝不在公共场合谈论对方，好也不说，坏也不说，免得互相吹捧。然而，整整十年前，就在这个地方，就因为不喜欢我给他推荐的理发师，这好好的有益社会健康的约定生生被他撕毁。从那时起，我就一直伺机报复，今天这机会再好不过。

当时，阿尔瓦罗说起一九四九年，贡萨洛·马利亚里诺是怎样在恬静宜人的卡塔赫纳介绍我们俩相识的。我也一直以为那确实是我们的第一次见面，直到三四年前的一个下午，我听他随口聊了几句费利克斯·门德尔松，让我猛然回想起大学时光。当时，我们几个同学没钱去咖啡馆学习，只好逃到波哥大国家图书馆鲜有人光顾的音乐厅。在下午那些屈指可数的听众里，我特别讨厌一个长着传令官的鼻子、土耳其人的眉毛、像水牛比尔一样身大脚小的人。他总是四点来，也总爱点门德尔松的小提琴协奏曲。四十年后,直到那天下午,在他墨西哥城的家中,我才突然认出他那洪亮的嗓门、孩子般的小脚、抖抖索索连斗大的针眼都穿不过去的双手。"真见鬼,"我垂头丧气地说,"那人居然是你!"

我唯一遗憾的是,旧恨难平,却不能秋后算账。时光无法倒流,毕竟,我们一起欣赏过那么多乐曲。因此,尽管学识渊博的他居然对波莱罗①没有丝毫感觉,我们也没有分道扬镳,还是朋友。

阿尔瓦罗干过各种各样奇怪的行当,遇险无数。十八岁那年,他在国家电台当主播,节目中随口胡诌了几句,被一个爱吃醋的丈夫听成给他妻子打暗号,提着枪在街角埋伏。后来,总统府一次正式活动,两位耶拉斯总统的名字被他弄混了,颠来倒去地叫了半天。再后来,身为公共关系专家,他却在慈善会上放错了电影。原本应向社会上广发善心的太太们播放一部反映孤儿生活的纪录片,却被他放成一部修女与士兵乱搞一气,还有个漂亮名字叫《种植橙树》的色情片。此外,他还在航空公司做过公关部主管,后来那间公司在最后一架飞机坠毁后关门大吉。他工作的时间都花在认尸、通报死者家属、接待媒体上。家属毫无思想准备,本以为喜事临头,开门一见是他,惨叫一声倒地。

后来的工作稍好了一些,为了从巴兰基亚的一家酒店搬出

---

① 拉美地区广受欢迎的一种舞曲。

世界首富的华美遗体,他在街角的殡仪馆紧急采购了一具棺材,装好后立在员工电梯里运下楼。侍应生问棺材里装的是谁,他说是"主教大人"。他在墨西哥的一家餐馆大声说话,邻桌的以为他是电视剧《铁面无私》里的沃尔特·温切尔[1](阿尔瓦罗给他配过音),就扑上去要揍他。他在拉美推销了二十三年电影,行程加起来绕地球转了十七圈,依然本性不改。

而我最欣赏他的,是他教师般无私奉献的精神。他一心想做教师,却因为热衷台球这个不良嗜好,从未如愿。我所认识的作家中,没有谁像他那样关心他人、尤其乐于提携后辈的。他煽动年轻人违背父命,投身诗歌,用禁书毒害他们,用巧舌迷惑他们,鼓励他们闯荡世界,坚信在这世上做一个诗人还不至于饿死。

这么难能可贵的品质,最大的受益人是我。我说过,是阿尔瓦罗带给我第一本《佩德罗·巴拉莫》[2],还对我说:"拿着,好好学学。"他没想到,这么做等于自掘坟墓。读完胡安·鲁尔福,我不仅学会用另一种方式写作,还总备个故事,专用来搪塞别人。写《百年孤独》的时候,我的这种自救方式,绝对的受害人恰恰又是阿尔瓦罗·穆蒂斯。那十八个月里,他几乎夜夜登门,让我跟他说写了什么。尽管我说的是另一个故事,但依然能从他的反应中获得启发。他兴致勃勃地听,添油加醋地四处宣扬。

---

[1]沃尔特·温切尔(Walter Winchell, 1897–1972),美国新闻记者,曾在警匪剧《铁面无私》(*The Untouchables*)中任叙述者。
[2]墨西哥作家胡安·鲁尔福(Juan Rulfo, 1917–1986)的代表作。

之后，他的朋友们又把他讲的故事讲回给我听，我从中又汲取了不少养分。初稿完成后，我送到他家。第二天，他怒气冲冲地给我打电话。

"您让我在朋友面前没法儿做人，"他冲我嚷嚷，"这玩意儿跟您讲的不是一回事。"

从那以后，他总是我作品原稿的第一个读者，见解犀利，忠言逆耳。因为他，我最起码将三个短篇束之高阁。我也说不清我的作品里究竟有多少他的成分，但一定不少。

别人常问我，这年头，人心叵测，我们俩的友谊为何能天长地久。原因很简单：阿尔瓦罗和我为了做朋友，很少见面。尽管我们在墨西哥城一起住了三十多年，几乎算得上是邻居，但在那儿我们很少见面。我想见他，或他想见我的时候，得先电话联系，确定彼此都有见面的意愿。只有一次，我违背了这条基本原则，而阿尔瓦罗当时的表现，足以说明他是个什么样的朋友。

事情是这样：那天晚上龙舌兰酒喝多了，我和另一位好友凌晨四点去敲阿尔瓦罗独居的公寓大门。他睡眼惺忪地把门打开，我们俩二话不说，从墙上取下一幅珍贵的一点二米长、一米宽的博特罗①油画，抬了就走，然后胡乱糟蹋一通。对这次入室抢劫，阿尔瓦罗事后只字未提，也从未打听过那幅画的下落。

---

①博特罗（Fernando Botero, 1932– ），哥伦比亚画家。

而我也直到他今天迈入古稀之年，才说出内心的愧疚。

维系友谊的另一个原因是：我们在一起时，多半在旅行，大部分时间都忙着应酬别人、处理其他事，不到万不得已，顾不上对方。对我而言，在欧洲公路上与他共度的无数时光相当于在大学补念了人文艺术专业。在巴塞罗那到普罗旺斯的艾克斯三百多公里的路上，我学到了有关阿维尼翁教皇与清洁派教徒的知识。去亚历山大、佛罗伦萨、那不勒斯、贝鲁特、埃及、巴黎，也都有同样的收获。

然而，疯狂旅行中，我也上过最让人琢磨不透的一堂课。当时，我们正穿越比利时的田野。十月里，雾蒙蒙的，刚被弃置的露营地里散发着人的粪便味。阿尔瓦罗开了三个多小时车，破天荒地一句话没说。突然，他冒出一句："孕育伟大的自行车手与猎手的国度。"他从未解释过自己到底想说什么，但承认他体内有个毛茸茸、流口水的大傻子，正式会见也好，总统官邸也罢，一不留神就溜出来说几句。写作时也得管着，这傻子疯得厉害，又踢又跳，总想篡改书稿。

但这所流动学校留给我最美好的回忆还不是课堂，而是课间。在巴黎等候夫人们购物时，阿尔瓦罗就往远近驰名的咖啡馆门前台阶上一坐，仰面朝天，翻出白眼，大手一伸，作乞讨状。一位衣冠楚楚的绅士用地道的法国方式尖刻地对他说："穿羊绒衫讨饭，脸皮真厚。"可他还是给了一法郎。不到一刻钟，阿尔瓦罗就净挣四十法郎。

在罗马的弗朗西斯科·罗西①家，他用自创的意大利语，其中没有一个真正的意大利语单词，滔滔不绝地描述了自己在金迪奥的恐怖遭遇，迷住了意大利影视文化精英费里尼、莫妮卡·维蒂②、阿莉达·瓦莉③和阿尔贝托·莫拉维亚④，让他们津津有味地听了好几个小时。在巴塞罗那的一家酒吧，他用巴勃罗·聂鲁达灰心丧气的语调朗诵了一首诗，有个听过聂鲁达声音的人以为他就是聂鲁达本人，居然向他索要签名。

他写过一句诗："我知道，我永远去不了伊斯坦布尔。"读得我心惊肉跳。这首诗对于一个无可救药的君主制国家来说相当怪异，人家不叫伊斯坦布尔，只叫拜占庭，好比早在被历史证明其正确性之前，我们就一直只叫圣彼得堡，不叫列宁格勒一样。我也不懂为什么老觉得应该把诗里提到的去伊斯坦布尔变为现实。终于，我说动了他，一起坐船去，坐的是慢船，挑战命运时，得不慌不忙。在那儿待了三天，我老担心那诗句成谶，心里一直七上八下。直至今日，阿尔瓦罗已是年届七十的老人，而我还是六十五岁的孩子这一天，我才敢说：当年去伊斯坦布尔，我不是为了打败诗歌，而是为了挑战死神。

我以为自己就要一命呜呼的那次旅途，阿尔瓦罗也在身旁。当时，我们正驾车在明丽的普罗旺斯疾驰，突然，一位司机逆

---

① 弗朗西斯科·罗西（Francesco Rosi，1922— ），意大利导演。
② 莫妮卡·维蒂（Monica Vitti，1931— ），意大利女演员。
③ 阿莉达·瓦莉（Alida Valli，1921—2006），意大利女演员。
④ 阿尔贝托·莫拉维亚（Alberto Moravia，1907—1990），意大利小说家。

向行驶，发疯似的冲了过来。我只好往右猛打方向盘，根本来不及去看我们会摔在什么地方。刹那间，我有种奇妙的感觉，方向盘飞在空中，完全不听我使唤。一向坐在后排的卡门和梅塞德斯屏住呼吸，直到车子像孩子一般摔进春季葡萄园旁的排水沟。那一刻，我唯一记得的是副驾驶座上阿尔瓦罗的神情。摔落前，他看了我一会儿，满脸同情，似乎在说："瞧这傻瓜，干吗呢？"

在我们这些认识他母亲、并深受其害的人眼里，阿尔瓦罗的所作所为还算不上惊世骇俗。卡洛琳娜·哈拉米略人长得漂亮，脑子却不好使。她从二十岁起就不再照镜子，因为觉得镜子里的人不是自己。老太太年纪一大把，天天骑着自行车，穿件夹克，去草原给庄园里的工人义务打针。在纽约的一个晚上，我们出门看电影，拜托她照看我和妻子十四个月大的儿子。她一本正经地劝我们三思，说她在马尼萨莱斯也帮忙照看过一个孩子，那孩子哭个没完，她只好喂他一块有毒的桑葚糖，让他闭嘴。但即便如此，去梅西百货公司那天，我们还是把孩子托付给她，回来时只见她独自一人。保安四处找孩子的时候，她就跟她儿子一样沉得住气，还安慰我们："别着急，阿尔瓦罗七岁那年，也在布鲁塞尔走丢了，瞧他现在不是挺好！"阿尔瓦罗就是她的升级版，还比她有学问，当然更了不得！他名震寰宇，不仅诗写得好，人也特别好。所到之处，胡吃海喝，夸张怪异，胡说八道，令人难忘。只有我们这些了解他、热爱他的人才知道，他只是咋咋呼呼，虚张声势罢了。

阿尔瓦罗·穆蒂斯不幸是个太过和善的老好人，谁也想象不到他为此付出多大代价。我见过他在黑暗中，忧伤地躺在书房的沙发上。那模样，不会让前一晚任何一位幸福的听众羡慕。幸好，那无法治愈的孤独也孕育出他广博的学识、非凡的阅读能力、无尽的好奇心和忧伤凄美的诗歌。

我见过他沉浸在布鲁克纳①气势恢弘的交响乐里，像在欣赏斯卡拉蒂②的嬉游曲。我见过他躲在奎尔纳瓦卡花园僻静的角落，趁着悠长假期远离尘嚣，徜徉在巴尔扎克全集奇妙的文字森林里。有些人隔些日子会看部牛仔片，而他隔些日子会把《追忆似水年华》从头到尾再看一遍，他的择书标准是不少于一千两百页。他蹲过墨西哥监狱，所犯的罪许多作家、艺术家都犯过，可只有他蹲过监狱。他说，那十六个月，是他一生最幸福的时光。

我一直以为，他写书慢，是因为工作忙，再加上他字写得不好，像鹅亲自抓着鹅毛笔写出的鬼画符，足以让猎狗在特兰西瓦尼亚的迷雾中惊恐地乱吠。多年前，我问他，他说等退了休，没有俗务缠身时，会潜心写作。果然，飞了那么多年，他一跃而下，没用降落伞，稳稳着地，文思泉涌，实至名归。六年写八本，创造了文学史上的伟大奇迹。

---

①布鲁克纳（Anton Bruckner，1824–1896），奥地利作曲家，代表作为九部正式编号的交响曲。
②斯卡拉蒂（Giuseppe Domenico Scarlatti，1685–1757），意大利作曲家，代表作为555首键盘乐奏鸣曲。

他的书，随便挑一本，读上一页，你就会明白：阿尔瓦罗·穆蒂斯的全部作品，连同他的一生，都在确信无疑地传递着一个信息：失落的天堂再也无法找回。麦克洛尔①不止是他——这话谁都会说——麦克洛尔是我们大家。

作为结束语，我斗胆提议：今晚来祝阿尔瓦罗七十大寿的人，第一次，别假客套，别怕流眼泪，别骂骂咧咧，真心实意地告诉他，我们有多崇拜他，妈的，我们有多爱他。

---

① Maqroll，阿尔瓦罗·穆蒂斯多部作品的主人公。

## 人见人爱的阿根廷人

1994 年 2 月 12 日　墨西哥城

在墨西哥城美术馆的演讲。讲稿第一次发表于1984年2月22日，胡利奥·科塔萨尔[①]去世后不久；科塔萨尔去世十周年时，曾作为纪念辞宣读；科塔萨尔去世二十周年的2004年2月14日，又在哈里斯科州的瓜达拉哈拉"又见胡利奥·科塔萨尔"座谈会开幕式上宣读。瓜达拉哈拉大学设有胡利奥·科塔萨尔教研室，由加夫列尔·加西亚·马尔克斯和卡洛斯·富恩特斯[②]主持。

---

[①] 胡利奥·科塔萨尔（Julio Cortázar，1914—1984），阿根廷作家，拉丁美洲文学爆炸主将之一，代表作为《跳房子》。
[②] 卡洛斯·富恩特斯（Carlos Fuentes，1928— ），墨西哥作家，拉丁美洲文学爆炸主将之一，代表作为《阿特米奥·克鲁斯之死》。

约十五年前,我最后一次去布拉格,同行的还有卡洛斯·富恩特斯和胡利奥·科塔萨尔。我们三个都怕坐飞机,便从巴黎乘火车前往,夜晚穿越东西德的时候,聊起两国无边的甜菜地、什么都造的巨型工厂、大战所带来的浩劫和肆意的爱情,总之,无所不聊。

临睡前,卡洛斯·富恩特斯突然问科塔萨尔,是什么时候、由谁倡议将钢琴加入爵士乐的。他不过随口一问,想知道一个日期、一个人名,谁知竟引出一篇精彩的演讲,一听听到大天亮。我们大杯大杯地喝啤酒,大口大口地吃香肠拌凉土豆,科塔萨尔字斟句酌,深入浅出,从历史到美学,一一向我们道来,直到东方发白,才最终在对特洛尼斯·蒙克①的褒奖中结束。那长长的大舌音,管风琴般浑厚的嗓子和瘦骨嶙峋的大手,表现力

---

①特洛尼斯·蒙克(Thelonious Monk,1917–1982),美国爵士钢琴家、作曲家。

可说是无与伦比。那个独一无二的夜晚所带来的惊愕,卡洛斯·富恩特斯和我永生难忘。

十二年后,我见胡利奥·科塔萨尔在马那瓜的一个公园,面对着一大群人,用美妙的嗓音朗读一个短篇,是最艰涩难懂的那种——故事中不幸的拳击手用布宜诺斯艾利斯的底层方言诉说着自己的经历。没在那种乌糟的环境待过,根本听不懂那种语言。可科塔萨尔偏偏挑中这篇,在宽敞明亮的公园里,站在台上,读给一大群人听。听众鱼龙混杂,有著名诗人、失业泥瓦匠、革命领袖和反对派。那又是一次难忘的经历。尽管严格来说,即便是那些精通底层黑话的人,也不容易听懂这故事,但听众却能对故事中的情感产生极大的共鸣。可怜的拳击手孤零零地站在拳台上挨打,听众能感受到他的痛,为他的梦想和苦难潸然泪下:科塔萨尔与听众建立的是心与心的交流,谁也不在乎语言的含义,坐在草坪上的人都陶醉在这天籁之音里。

对科塔萨尔的这两次令我感触至深的回忆体现了他个性的两个极端,是对他最好的定义。私底下,好比在去布拉格的火车上,他博闻强记,侃侃而谈,风趣幽默,笑中带刺,能跻身于任何时代的杰出知识分子之列。而在大众面前,尽管他不愿做公众人物,可在无法回避的场合,他是那么非凡,那么细腻,那么奇特,那么令人着迷。无论哪种情况,他都是我有幸结识的令我印象最深的人。

第一次见他,是在一九五六年的悲秋之末,巴黎一家英文名字的咖啡馆。他时常去那儿，待在角落里，握着自来水钢笔在作业本上写作，手指上沾着墨迹。让－保罗·萨特也在三百米外做着同样的事。当时，我已在巴兰基亚的朗塞旅社（每晚花一个半比索，与低薪的球员、快乐的妓女为邻）读过他的第一部短篇小说集《动物寓言集》，翻开第一页，我就意识到他是我未来想要成为的那种作家。有人告诉我，他在巴黎圣日尔曼大街的"老海军"咖啡馆进行创作，我在那儿等了好几个星期，终于见他像幽灵一般飘了进来。他比我想象的要高，穿着一件长得要命的黑大衣，就像鳏夫穿的那种，一张娃娃脸被衬得有些邪恶，牛犊般的眼睛分得很开，斜的，清澈透明，若非心在驾驭，活像魔鬼之眼。

多年后，我们已是朋友，我又见到了他那天的样子。他在一部短篇佳作中重塑了自己：《另一片天空》里那个旅居巴黎，完全出于好奇而去断头台观刑的拉美人。科塔萨尔似乎是对着镜子写道："他的表情很奇怪，既出神，又出奇地专注，仿佛一个在梦中停住脚步、不愿醒来的人。"故事中的人穿着黑色的长大衣，就像我第一次见科塔萨尔时他本人穿的那件。故事中的叙述者不敢上前去问他从哪里来，怕遭冷遇，因为如果碰到别人这么来问，自己恐怕也会生气。无独有偶，那天下午，在"老海军"，我也怀着同样的畏惧，不敢上前去问科塔萨尔。我见他不假思索、奋笔疾书了一个多小时，其间只喝了半杯矿泉水。天黑了，他把钢笔放进口袋，作业本夹在腋下，像世界上最高最瘦的一名学生那样出了门。多年后，我们时常碰面，他与当年唯一的变化就是浓黑的胡须。他一直在长，却一直如出生时那般模样，直到去世前两星期，还像一个年华永驻的不老传奇。我从未壮起胆子问他，也从没跟他提起，一九五六年的悲秋，那个坐在"老海军"的角落、让我不敢上前搭讪的人是不是他。我知道，无论他现在身处何方，都会骂我胆小。偶像让人尊敬、让人崇拜、让人依恋，当然，也让人深深地妒忌。而科塔萨尔正是屈指可数的几个能唤醒所有这些情感的作家之一。此外，他还能唤醒另一种不太常见的情感：虔诚。也许，不经意间，他成了人见人爱的阿根廷人。不过，大胆设想一下，假若死者还能死，那么，眼下这种举世皆为他的辞世而悲的场景，恐怕会让他无地自容，再死一次。无论在现实生活中，还是在书里，谁也不像他那样惧怕身后的哀荣、奢华的葬礼。更有甚者，我总觉得，在科塔萨尔心里，死亡本身就是一件不光彩的事。《八十世界环游一天》[①]中，一个人居然大出洋相——死了，朋友们都忍不住哈哈大笑。所以，正因为了解他，深爱他，我才拒绝出席胡利奥·科塔萨尔的一切治丧活动。

  我希望能以如他所愿的方式怀念他，为他存在过而高兴，为我结识过他而欣喜。他留给世人的回忆犹如一部未尽的作品，是那么的美好而不可磨灭，为此，我心怀感激。

---

[①] 科塔萨尔一部文集的名字，是对凡尔纳（Jules Verne, 1828–1905）《八十天环游世界》的戏仿。

### 拉丁美洲确实存在

1995 年 3 月 28 日　巴拿马　孔塔多拉

孔塔多拉集团"拉丁美洲是否存在"专题"实验室"

在场的有：陈述人乌拉圭前总统路易斯·阿尔维托·拉卡列，参加者费德里科·马约尔·萨拉戈萨、加夫列尔·加西亚·马尔克斯(最后一个登台演讲)、米格尔·德拉马德里·乌尔塔多（墨西哥前总统）、塞尔希奥·拉米雷斯（尼加拉瓜前副总统）、弗朗西斯科·维弗尔特（巴西文化部长）与奥古斯托·拉米雷斯·奥坎波（哥伦比亚前外交部长）。

孔塔多拉集团成立于1983年1月9日，正值中美洲遭遇危机之时，集团主旨即在推动中美洲和平与民主进程，最初有四个成员国：哥伦比亚、墨西哥、巴拿马和委内瑞拉。该集团由四国首脑在巴拿马孔塔多拉岛成立，因而得名。

等到最后一个发言,是因为昨天吃早饭时,我还不清楚在会上会听到些什么。我喜欢你来我往,唇枪舌剑,可这种活动总爱唱独角戏,妙趣横生的即席质问一概不许。得做笔记,请求发言,然后等待,好容易等到,想说的都已经被人说完了。同胞奥古斯托·拉米雷斯在飞机上对我说:想知道谁老了很容易,就看他是不是说什么都会扯上趣闻轶事。我跟他说:要真这样,那我刚出生就老了,写的作品也全是老朽之作。下面的话可以作证。

拉卡列总统开场就让我们大吃一惊,说"拉丁美洲"这个名字并不是从法语来的。我本来一直以为它是从法语来的,但也确实不记得是从哪儿看到的,也就无法提出任何反证。当年玻利瓦尔[①]用

---

[①] 玻利瓦尔(Simón Bolívar,1783-1830),拉丁美洲解放者,曾率领拉美各族人民摆脱西班牙的殖民统治。

的并不是这个词,他用的是"美洲",没加形容词,但后来这名字被美国人拿去自己用了。好在在《牙买加信札》中,他用简短的一句话为我们混乱的身份下了定义:我们是人类中的一小部分。这就将其他定义中没包含的因素——如多重起源、土著语言、欧洲语言:西班牙语、葡萄牙语、英语、法语、荷兰语等——全部包含在内了。

四十年代,阿姆斯特丹的人们听到一则令人匪夷所思的新闻:素来与棒球无缘的荷兰竟然正在参加世界棒球比赛——库拉索①即将夺得中美及加勒比地区世界锦标赛的冠军。说到加勒比地区,我觉得区域定位严重不合理,不该只看地理位置,得看文化,所以应该从美国南部一直囊括至巴西北部。中美看似属于太平洋地区,实际和它关系不大,文化上应属于加勒比。这个呼吁合情合理,至少具备了将福克纳和美国南方所有知名作家通通归入魔幻现实主义大家庭的优点。再有,还是在四十年代,乔万尼·帕皮尼②对大众宣称拉美从来对人类社会毫无贡献,连个圣徒都没出过,似乎出个圣徒是件很容易的事。但他说得不对,圣罗萨·德利马就是我们出的,也许因为她是个女圣徒,就没算。他的说法充分反映了欧洲人对我们的一贯看法:不像他们就是错,无论如何都要按照他们的方式加以纠正。美

---

①库拉索是一座位于加勒比海南部、靠近委内瑞拉海岸的岛,该岛原为荷属安的列斯群岛的一部分,2008年12月15日后改制为荷兰王国辖下的自治国。
②乔万尼·帕皮尼(Giovanni Papini,1881-1956),意大利作家,天主教徒。

国也是如此。西蒙·玻利瓦尔听够了这些劝告和命令，发出感慨说："就让我们安安静静地走过我们自己的中世纪吧。"

选择哪种政治制度，君主制还是共和制？这种来自老朽欧洲的压力，没有人承受的比他更多。许多文献都提到，君主制是他的梦想。但事实是，在当年，即便已发生过美国资产阶级革命和法国大革命，君主制也不像如今在共和党人眼里那么过时。玻利瓦尔是这么想的：只要能让拉美团结、独立，按他的话讲，就是建成世界上最大、最富、最强的国家，选择哪种政治制度根本无关紧要。过去，我们就是各种教条之争的牺牲品；今天，我们依然饱受这种困扰。昨天，塞尔希奥·拉米雷斯提醒我们：不过就是一批人倒下去，另一批人站起来，民主国家的选举只是个堂皇的借口。

哥伦比亚就是个很好的例子。好像只要按时选举，就算落实了民主制度。走个过场就好，不用去管拉票、贪污、欺诈、贿选等种种弊病。M-19游击队司令海梅·百特门[①]说过："参议员不是用六万张选票选出来的，是用六万比索堆出来的。前不久在卡塔赫纳，一个卖水果的当街冲我嚷嚷：'你欠我六千比索！'原来，她想选的那个人名字跟我的很像，害她投错了票，事后才发现。我能怎么办？只好付给她六千比索。"

---

[①] 海梅·百特门（Jaime Bateman，1940–1983），哥伦比亚M-19游击队的创始人、领导人。M-19游击队的力量曾仅次于哥伦比亚革命武装力量（FARC），现已解散，改名为M-19民主联盟。

玻利瓦尔的政治融合之路越走越困惑，文学艺术界却甘冒风险，自顾自地走上了文化融合之路。我们亲爱的费德里科·马约尔说他担心知识分子的沉默，不担心艺术家的沉默，言之有理。艺术家终究算不上知识分子，因为太情绪化，从布拉沃河到巴塔哥尼亚，一路运用音乐、绘画、戏剧、舞蹈、小说、影视剧等各种方式尽情表达。广播剧之父费利克斯·B.卡格内特说："人爱流眼泪，而我给他们流眼泪的借口，仅此而已。"大众的表达方式是拉美大陆多语种环境下最简单、最丰富的表达方式。等到政治和经济方面开始融合，文化融合将早已是不可逆转的事实。美国耗费巨资进行文化渗透，而我们一分钱不花，就已经在改变他们的语言、饮食、音乐、教育、生活方式和爱情，即他们生活中最重要的文化。

马不停蹄地开了两天会，最开心的是第一次与好邻居弗朗西斯科·维弗尔特见面。他说一口纯正的西班牙语，令人惊叹，而我不禁要问，在座各位中有没有两位以上会说葡萄牙语。德拉马德里总统说得没错，西语懒得越过马托格罗索州①，而巴西却全民动员，创造出葡式西语来和我们交流，没准在拉美融合之后能当作通用语使用。弗朗西斯科·维弗尔特——哥伦比亚人叫他帕丘，墨西哥人叫他潘丘，而西班牙的任何一家酒馆都会

---

① 巴西西部地区，与拉美西班牙语世界毗邻。

叫他帕克——他旗帜鲜明、有理有据地支持建立文化部。而我徒劳无功地——没准也是件好事——反对在哥伦比亚建文化部，主要理由是：建文化部会助长文化的官方化、官僚化。

别武断，我反对的只是容易沦为政治拉票或政治操纵的牺牲品的部委制。我提议：代之以国家文化委员会，不隶属于政府，只隶属于国家，不对国会负责，只对共和国负责，免得三天两头受部委危机、宫廷密谋、预算黑洞之累。多亏帕丘西语流利，因此尽管我的葡语拿不出手，我们还是达成共识：无论形式如何，保护及发扬文化的重任应该由国家来承担。

德拉马德里总统提到毒品买卖，帮了我们一个大忙。他说美国天天像送牛奶、送报纸、送面包那样毫无差错地给两三千万瘾君子上门送毒品，只有比哥伦比亚黑手党更有势力的黑手党、比哥伦比亚政府更腐败的政府才能做到。当然，毒品买卖问题，我们哥伦比亚人牵涉颇深，我们几乎是唯一的罪魁祸首。因为我们，美国才有如此庞大的毒品消费市场；又正因为有如此庞大的消费市场，哥伦比亚才有如此繁荣的毒品工业。在我印象中，人类已对毒品买卖完全失控。但这并不意味着我们要悲观失望，乖乖认输。喷雾消毒没有用，面对现实、继续斗争才是正道。

不久前，我和一群美国记者来到一小块最多三四公顷、开满了罂粟的田野。他们向我们展示如何用直升机喷雾消毒。三次飞下来，估计成本大于收效。这么与毒品买卖作斗争，着实让人泄气。我对一些同行的美国记者说，应该先对曼哈顿岛和华盛顿市政府喷雾消毒。我还批评他们：他们和全球人民对哥伦比亚的毒品问题了如指掌，知道我们如何播种、如何加工、如何出口，是因为我们哥伦比亚记者深入调查，并向全球发布调查结果，不少人为此献出了生命。与之相反，却没有一位美国记者愿意着手调查，告诉我们毒品是如何进入美国、如何经销、如何实现境内商品化的。

我想，所有人都会赞同前总统拉卡列的结论：拯救美洲要靠教育。去年，在联合国教科文组织的反思论坛上，我们得出过同样的结论，并萌生出建设"远程大学"的美妙构想。我还在那里再一次呼吁：对儿童能力早挖掘、志向早发现乃当务之急。理由是：如果在孩子面前放上一大堆各式各样的玩具，他一定会拿其中一个，而国家的职责在于创造条件，让这个玩具在孩子手上一直玩下去。我相信，如果每个人从出生到去世，都可以只做自己喜欢的事——这就是幸福长寿的秘诀。同时，我们似乎也一致认为：对国家漠视教育、将教育交予私人打理的趋势应保持警惕。理由很充分：私人教育，无论好坏，都是助长社会歧视的最有效手段。

拉丁美洲是否存在？前总统拉卡列和奥古斯托·拉米雷斯一开始就将问题像手榴弹一般抛了出来。四小时的接力赛跑完了，但愿能有一个拨云见日的答案。根据这两天各位的畅所欲言，毫无疑问，拉丁美洲确实存在。也许，对自身身份的不懈追寻是它俄狄浦斯般的宿命，这种创造性的命运正是它与众不同之处。它伤痕累累，四散溃败，厄运迟迟未逝，道义还在追寻。拉丁美洲确实存在。证据在哪儿？这两天，我们找到了：我们思，故我们在。

## 不一样的天性,不一样的世界

1996年4月12日 哥伦比亚 波哥大

哥伦比亚讲坛

哥伦比亚武装部队召开"法治国家与警察部队"大会，正式启动"哥伦比亚讲坛"，由国防部长胡安·卡洛斯·埃斯盖拉·波托卡雷罗主持。

该学术讲坛的听众全部为军人，登上讲坛的有加夫列尔·加西亚·马尔克斯、罗德里戈·帕尔多·加西亚、检察官阿方索·巴尔迪维索·萨米恩托、历史学家赫尔曼·阿西涅加斯、前部长胡安·曼努埃尔·桑托斯和鲁道夫·奥梅斯、前制宪成员奥兰多·法尔斯·博尔达与作家古斯塔沃·阿尔瓦雷斯·加德亚萨瓦尔。

第一次听说军人时,我年纪还小。外祖父给我讲故事,讲香蕉种植园大屠杀,美国联合果品公司的哥伦比亚种植园工人举行罢工游行,在谢纳加火车站聚集时被开枪镇压,听得我毛骨悚然。外祖父是银匠出身,骨子里是自由党,参加过"千日战争"①,在拉斐尔·乌里维·乌里维②将军麾下任上校,战功卓著,参加过《尼伦蒂亚停火协议》的签署,结束了长达半个世纪连绵不绝的内战,当时,桌对面就坐着他身为保守党议员的长子。

外祖父给我讲的香蕉种植园大屠杀成为我早年间印象最深、记忆最久的故事。童年时,它是亲朋好友一再谈论的话题,因此在我们的生命中留下了永久的烙印。此外,它也有其历史重

---

① 1899年至1902年哥伦比亚保守党与自由党之间进行的历时千余日的内战。
② 拉斐尔·乌里维·乌里维(Rafael Uribe Uribe, 1859–1914),哥伦比亚军人,"千日战争"中自由党的领袖。

要性：它提前结束了美国在哥伦比亚长达四十多年的霸权统治，对后来的军人政权无疑也有影响。

回到今天的正题，这个故事其实也是我对军人的第一印象，这印象在多年以后才有所改观，不再听风是雨，而是尽量做到客观公正。但尽管我有意识地修正脑海里的军人印象，这五十年来，我还从未有机会和六个以上的军人交谈，交谈时也很少能做到轻松自如，不背任何的思想包袱。彼此猜疑自然就导致交流不畅，我老觉得，同样的话，他们的理解就是和我的理解不同。说到底，我们之间没有共同语言。

别以为我对此全无所谓，相反，我很失落。我总问自己：毛病出在哪儿？军人身上，还是我身上？怎样才能推倒阻碍交流的堡垒？没那么容易！十九岁时，我在国立大学念过两年法学，有两个同学是中尉（希望他们此刻在座）。他们穿着干净挺括的军服，总是准时准点地一同来到课堂，单独坐在一边，不苟言笑，有条不紊。我老觉得，他们生活在不一样的世界。跟他们说话，他们很和气，你问多少，他们答多少，客套得很。考试前，我们四人一组去咖啡馆学习；星期六，我们要么在舞厅碰面，要么在街头闹事，去安静的酒馆喝酒，去幽暗的妓院鬼混。可在那些地方，我们从没遇到过军人同学，一次也没有。

他们的本性原与我们不同，诸如此类的想法不禁油然而生。通常，军人的孩子也会是军人，他们住在军人社区，在军人俱乐部会面，他们的世界谢绝观赏。很难在咖啡馆见到他们，电影院更难。他们顶着神秘的光环,就算穿着便装,也能一眼认出。身为军人,他们四处漂泊,有机会踏遍全国的每一个角落,由内至外都与众不同,虽然没有投票权,但那也是出于他们自己的意愿。我受过良好的基础教育,背过无数次军衔,免得碰到时叫错,可每次都是背得慢、忘得快。

我对军人存在偏见,知情人会觉得,来这个讲坛简直是我做过的最奇怪的事。但其实,自从外祖父跟我讲过谢纳加惨案,我对各种权力形式的痴迷程度就超过了对文学的兴趣,甚至为此踏足人类学的范畴。多少次,我问自己,那个故事是否正是贯穿我所有作品的主题之源?《枯枝败叶》中,香蕉种植园迁走后的小镇复苏;《没有人给他写信的上校》和《恶时辰》中,对利用军人达到政治目的的反思;此外,还有在三十三场战争①的炮火中进行诗歌创作的奥雷里亚诺·布恩迪亚上校②,以及一辈子不会写字的两百多岁的族长③。从第一本到最后一本(希望将来出更多本)书里,我对权力的本质进行了毕生的追问。

然而,是到了创作《百年孤独》的时候,我的意识才真正觉醒。正史宣扬大屠杀是法制的胜利,那时我想,我可以驳,可以为死者讨回公道,内心不禁大受鼓舞。但那其实是不可能的,我根本找不到任何直接或间接的证据,证明死者不止七个、屠杀

---

① 原文如此,但据《百年孤独》,应为三十二场战争。
② 《百年孤独》中的人物。
③ 《族长的没落》中的人物。

规模远非民众所想。但即使如此,那场灾难的严重程度也丝毫不会因此而降低。

在座诸位有理由问我,为什么不实事求是,非得竭尽夸张之能事,说死了三千人,用一列两百节车厢的火车装着投进大海。理由很简单,可以用文学语言陈述如下:书中的香蕉种植园事件不是发生在某个国家的某个特定的历史悲剧,而是规模未知、死难人数不一、刽子手无名无姓、没准谁也逃不了干系的事件。这么一夸张,我脑子里就浮现出那个住在母牛成群的宫殿里、拖着一匹孤零零的小母马的老族长。

不这么写,能怎么写? 拉丁美洲唯一的历史传奇便是上世纪末和本世纪初的军事独裁者。许多曾是自由派的军事领袖,后来都蜕变为专制野蛮的暴君。我坚信,如果奥雷里亚诺·布恩迪亚上校能打赢那三十六场战争①中的哪怕一场,他也会是其中一员。

然而,当我圆梦,将解放者西蒙·玻利瓦尔的风烛残年写成《迷宫中的将军》时,我得拧断天鹅的脖子,不再去编造故事。②玻利瓦尔是一代伟人,他有血有肉,对自己的身体过分地不加爱惜。见证他生平事迹的只有那支陪伴他浴血奋战,最终送他入土的年

---

① 原文如此。
② 拧断天鹅的脖子,典出墨西哥诗人冈萨雷斯·马丁内斯(González Martínez, 1871—1952)的同名十四行诗。诗中对拉美现代主义诗歌代表人物、被称为"天鹅诗人"的鲁文·达里奥(Rubén Darío, 1867—1916)追求唯美雅致的美学观提出异议。文中这里是指摒弃了浪漫、唯美的创作手法。

轻卫队。我必须了解这支卫队，了解卫队里的每个人。通过这位解放者引人入胜、史料丰富的信札，我想我已经近距离地了解到了。说真的，《迷宫中的将军》是一部充满诗意、美不胜收的历史纪实小说。

这几天，其他朋友也跟大家做了交流。轮到我，我想说说文学之谜。促成讲坛的军方人士知道，我很愿为这讲坛尽一份力——办讲坛很有必要，我只愿它越办越好。大家谈的都是专业，而除了文学，我没有别的专业。即便文学，我也不是科班出身，有的只是一些经验。但我依然有能力引领大家加入不总是太平的文学队伍。先送大家一句话："如果每个人都能在背包里放一本书，我相信，所有人的生活会更美好。"

新闻业:世上最好的职业

1996 年 10 月 7 日　美国　洛杉矶
美洲报业协会(SIP,总部设在佛罗里达州迈阿密)第 52 届大会加夫列尔·加西亚·马尔克斯以伊比利亚美洲新新闻基金会会长的身份致开幕辞。

有人问哥伦比亚的一所大学，该怎样考查新闻学报考者的能力和志向。回答很干脆："记者不是艺术家。"这么回答，恰恰说明新闻报道也是一种文学体裁。糟糕的是许多老师和学生对这一点要么不清楚，要么不以为然。也许，大部分学生在解释自己为何报考新闻学时，理由都不确切。有人说："我选择新闻传播，是因为现在媒体报道的少，掩盖的多。"还有人说："它是通往政界的康庄大道。"只有一个人说，因为他喜欢报道，不喜欢被报道。

五十多年前，哥伦比亚报业在拉美遥遥领先。当时没有新闻学校，得在编辑室、印刷车间、对门酒吧和周末派对中学。记者总爱扎堆，过集体生活，无比热爱本职工作，其他话题一概不谈。做新闻讲究团队协作，没什么私人空间。不懂得在一天二十四小时精彩的流动课堂里学习的人，觉得老谈新闻实在无聊的人，也许他想当记者，也许他自以为是记者，但其实他既不是记者，也不想当记者。

曾几何时，媒体只是报纸和电台。电台花了好长时间才追上纸质媒体，之后个性张扬，势不可挡，略显冒失，眨眼间便征服听众。电视刚出现时，都传说它是魔盒。如今，其风靡程度难以想象。长途电话刚开通那会儿，要找接线员转接。电传发明前，只能通过信件和电报与国内外联系，好歹也能送到目的地。

电台接线员甘冒风险，在电波声中凌空捕捉世界各地的新闻。博学的编辑将前因后果、细枝末节搜集完整，如同从一根椎骨渐渐拼出整副恐龙骨架，只是不能妄加评论，那是主编的神圣领地。社论号称均出自主编之手，其实不然。而且主编的字几乎总是出了名的龙飞凤舞，过去的主编，如《观察家报》的堂卡洛斯·卡诺，或深受读者欢迎的专栏作家，如《哥伦比亚时代报》的恩里克·桑托斯·蒙特霍（"卡利班"），都有专门的铸排工辨认他们的手稿。在政治报道比重最大、影响最广的时代，编辑部最敏感谨慎，也最有名望。

## 新闻要边干边学

新闻分三大块：新闻信息、时事与报道、编者按。访谈并不常见，也不单独使用，多半作为时事与报道的原材料。因此，在哥伦比亚,"访谈"依然被称为"报道"。记者是弱势群体,相当于学徒加苦力,苦干多年、表现良好,才能晋升做领导。工作时间和工作性质表明:新闻从业人员的神经系统实际上是在逆向运转。

入行没别的条件,只要有做记者的意愿。即便出生在报业世家——我们知道,大部分报纸都是家族所有——也要通过实践证明自己的能力。俗话说得好:新闻要边干边学。进报社的人,有其他学科成绩不好的,毕业找不着工作的,后知后觉、兜了一圈才发现新闻是心之所爱的其他行业的专业人士。心理素质一定要好,新人入行,会和海军陆战队的新兵一样备受捉弄,以激发伟大的创造力为由,被人嘲笑、被人下套,或在最后期限前一小时被勒令重写。这是个培养人才、据实报道、士气高涨、积极参与、观点云集的地方。经验证明,对于有职业敏感、责任感和承受力的人来说,边干边学,易如反掌。实践本身所需的文化基础,在工作环境中就能得到加强。博览群书是职业病,记者们如饥似渴地进行着自我教育,一目十行,就凭着他们的自学,便让新闻业——他们称其为世界上最好的职业——蓬勃发展。阿尔维托·耶拉斯·卡马戈[①]做了一辈子记者,其间两次任共和国总统,他连高中都没毕业。

后来,世道变了。哥伦比亚发放了两万七千张记者证,大

---

[①] 阿尔维托·耶拉斯·卡马戈(Alberto Lleras Camargo, 1906–1990),哥伦比亚记者、外交家,曾于1945–1946和1958–1962年间两次任哥伦比亚总统。

多没发给从业记者,只沦为从政府那儿捞好处、不排队、进体育场不买票,或参加其他休闲娱乐活动的通行证。绝大多数记者,包括一些鼎鼎有名的大记者,都没有、不想要、也不需要记者证。大家都说,新闻业没有输送后备人才的学校,于是,首批新闻传播系应运而生,记者证也随之出炉。然而,现在从业的专业人员多半没有学历,即使有,也是其他专业的,就偏偏不是新闻学。

接受采访的老师、学生、记者、经理、管理人员都对学校在新闻业人才培养中扮演的角色提出了质疑。"显然,大家对理论思考与概念阐释都毫无兴趣。"一批正在做学位论文的学生说,"造成这一局面,部分责任在老师。他们规定我们必须读什么,读哪些书里的哪些章,让我们复印一大堆的资料,可他们自己却没有任何观点。"幸好,学生还能苦中作乐,自诩为"复印文稿专业人士"。大学也承认,目前,在人才培养上,尤其是人文学科的人才培养上,存在显而易见的不足。高中毕业、刚入大学时,学生不会写文章,会犯严重的语法和拼写错误,文章读不懂,深意悟不出,这都很正常,可许多人毕业时就和入学时水平一个样。"他们只顾着贪方便,就是不爱动脑。"一位老师说,"让他们修改文章或重写,他们才不干。"看来,学生唯一的兴趣只是混完大学去当记者。他们脱离实际,无视重大问题,一切以自我为中心,不做社会调查,也不为社会服务。"获得高尚的社会地位是他们职业生涯的主要目的。"一位大学老师说,"他们不想发挥自身价值,利用专业的技能丰富精神生活,只想赶紧读完大学,提升社会地位。"

接受调查的学生大多对学校表示失望,他们理直气壮地指责老师,声称自己身上缺少的优良品质,尤其是对生活的好奇心,都源于老师没有好好培养。一位成绩优秀,多次获奖的女学生更是直言不讳:"读完高中,学生应该有机会接触不同的领域,找到兴趣点。可实际情况并非如此,我们得将学校教的知识一字不漏地背下来,这样才能通过考试。"

有人认为,学生人数过多,造成教育质量下降,学校只管教书,不管育人,今天的人才都是对抗学校、单打独斗、自我努力的结果。还有人认为,注重培养学生能力和志向的老师寥寥无几。"这很难。教学往往是重复再重复,"一位老师解释道,"二十年教同一门课的老师还不如一个没经验的新手。"由此造成的结果令人悲哀:那些踌躇满志地离开校园,踏上工作岗位的学生,必须在实践中从头学起,才能成为真正合格的记者。

有些人四处吹嘘自己能反着看懂部长桌上的机密文件,不以为耻,反以为荣;他们还会不经允许,擅自录音,或将事先说好绝不公开的谈话公之于众。最严重的是,这些有悖道德的行为,却正契合了新闻业勇往直前,不惜一切代价,冲破一切障碍,揭黑幕,抢独家的基本理念。因此,行内人士无不自觉并自豪地遵守实行,而对独家新闻比的不是谁发得早、而是谁发得好这一点置若罔闻。这一弊端之外,另一个极端则是贪图安逸,不思进取,工作完全依赖于冰冷、没人情味的机器。

满世界游荡的幽灵：录音机

　　录音机发明前，做新闻只需三件必不可少的工具，它们密不可分，"三位一体"：笔记本、千锤百炼的职业道德和善于倾听的耳朵。最早的录音机比打字机还重，声音录在磁带上，而磁带乱麻般地绕在线轴上。过了一段时间，记者开始用它帮助记忆，有的甚至连思考这么重要的事也请它代劳。
　　其实，录音机该怎么用，怎么用才道德，依然有待商榷。得有人提醒记者：它不是人脑记忆的替代品，而是早期派上过大用场的笔记本的升级版。录音机听得见，但并没有真的在听；能录音，但不思考；忠实，但没有人情味。总之，仅靠它逐字逐句、一字不漏地记，还不如现场仔细听、脑子里多琢磨，好歹心里有数。对电台来说，录音机特别有用，因为能直接录播，可弊端是不少采访者只顾想下一个问题，根本不听对方回答。对报社编辑来说，誊文字稿是最见功力也最伤脑筋的工作：辨音不清，词义不明，拼写错误，句法不通，种种问题就像一道道整得人头昏眼花、死去活来的关卡。也许，笔记本虽然寒碜，还是得用，好让记者边听、边记、边整理。
　　录音机是访谈类节目泛滥成灾的罪魁祸首。电台和电视台的性质决定了这类节目至高无上的地位，这本无可厚非，然而，纸媒也盲目跟风，竟误以为记者的话不如被采访者的话真实可信。访谈是记者与某个对事件有所思考、有所感悟的人之间的对话，而报道则负责细致入微地将事件如实还原，让读者有身临其境之感。这两种体裁互为补充，完全没必要互相排斥。"报道"的资讯性与完整性，只有最原始、最精湛、唯一能在电光火石间和盘托出、一语道尽的"简讯"体裁方能超越。因此目前，新闻学教学与实践中遇到的难题并不是混合或取消原有体裁，而是帮它们各自在不同的媒体形式中找到新的定位、新的价值。要时刻谨记——大家似乎都忘了——调查研究并非新闻学里的某个专业，从最根本的定义上来说，新闻学就是调查研究性的。

如今，信息和报道中加入了评论与观点，而社论中也加入了资讯，这是半个世纪以来一个重大的进步。不用记者证前，新闻简洁明了，一如早年的电报。如今一味滥用国际通讯社的固定格式，反使人不敢苟同。真真假假的话语，无处不在的引号，有意无意地犯错，恶意操纵，恶意歪曲，让新闻报道成为致命武器。出处来源都"绝对可靠"——来自消息灵通人士，来自不愿透露姓名的高官，来自无所不知、但无人见过的观察家……借此肆意中伤，自己却毫发无损。不公布消息来源的做法成为作者手中最有力的挡箭牌。在美国，诸如此类的恶行四处横行，说什么"遇害者遗体上的珠宝首饰，确信是由部长拿走。但警方对此予以否认"。简简单单的一句话，诽谤已经造成。总之，许多有悖伦理、让当今新闻界羞愧难当的事，倒并非都出于道德败坏，只是缺少职业约束。这一点，对我们多少是个安慰。

新闻业对人的剥削

问题是新闻业的发展速度比不上技术工具的发展速度。科技进步一日千里,记者们得在科技的迷宫中摸索前行。大学以为毛病出在教学上,因此在开办纸质媒体专业(这当然很有必要)之外,还开办所有形式媒体的人才培养学院,连十五世纪行业创立之初朴实无华的行业名称也弃如敝屣。如今不叫新闻学了,叫传播学,或社会传播学。在以往那些靠经验吃饭的记者眼里,这好比在淋浴房遇上宇航员打扮的教皇。

在哥伦比亚的大学里,传播学共开设了十四个学士点,两个硕士点,可见社会对其日益重视,可惜人才培养却陷入误区。教学满足了众多当前需要,却忽视了最为重要的两点:创造力与实践。

学校要将学生培养为书本上理想化的新闻从业人员。教师热切地传授新闻理论,而学生一旦与现实正面交锋,情绪便会一落千丈,紧攥着专业文凭也无济于事。新技术本为助翼,结果却适得其反,被它拖得筋疲力尽。巨大的工作压力,使他们与梦想背道而驰。人生道路上,他们受到各种利益的驱使,没有时间和精力思考,更没有时间和精力继续学习。

教育界的逻辑是,一些大学的工程学或兽医学专业的入学试题,也适用于另一些大学的社会传播学专业。一位成绩优秀的大学毕业生曾开诚布公地说:"工作了,我才真正学到新闻。

在大学里也有机会写稿，可方法得边干边学。"一天不承认做新闻最重要的是创造力，这种状况就一天不会改变。至少，新闻与艺术应居同等地位。

另一个关键问题是：技术的进步其实与我们这个行业的工作环境格格不入，更与众人参与、集思广益的传统方法背道而驰。编辑室变成一个冷漠、被隔成小间的实验室，走得进太空，却走不进读者的心。可以说，这一行业的非人性化速度惊人。过去定义明确、划分清晰的新闻专业，如今已不知始于何地、终于何方、欲往何处。

世界人民迫切希望新闻业恢复昔日的声望，对此最翘首以盼的自然是最大的受益人：媒体老板。媒体名誉扫地，最痛心疾首的也是他们。社会新闻系会成为众矢之的，并非全无道理。也许是因为新闻知识教了不少，真正对职业有帮助的却没多少。也许，他们应该索性去教人文，虽然看上去没那么神气，却能帮学生把薄弱的高中文化基础夯实打牢。他们应该更加关注能力与志向，将各媒体细分为不同专业，因为要想在短暂的一生中将它们全数掌握，那是奢求。从其他专业改行的新闻学硕士似乎也很适合在科技进步下应运而生的各专业部门工作。自从两百零四年前，堂曼努埃尔·德尔索克罗·罗德里格斯[①]印出第一张报纸以来，这个国家的变化已经太多。

---

[①] 曼努埃尔·德尔索克罗·罗德里格斯（Manuel del Socorro Rodríguez，1758－1819），哥伦比亚新闻业创始人。

最终目的不应该是毕业证和记者证。还是该用老办法,用历史批评的眼光,以服务大众为目的,几人一组实践学习。媒体为自身计,应学习欧洲,多加演练,无论在编辑室还是工作室,都可以搭设场景,比如模拟空难,让学生在真正报道灾难之前,学会如何应对。新闻是一种永远无法满足的激情,遭遇现实才能尽情挥洒。没有苦在其中的人无法想象那种世事难料、随时候命的状态;没有生在其中的人无法想象那种玄妙的新闻预感、抢到独家的快感和万念俱灰的挫败感;没有为此而生、打算为此而死的人无法坚守一份如此不可思议、强度极高的工作。新闻一旦发稿,一切便又回到起点,要以更加饱满的热情投入到下一分钟去,还真是永无宁日。

## 致语言之神的漂流瓶

1997 年 4 月 7 日　墨西哥　萨卡特卡斯

第一届西班牙语国际会议

会议向诺贝尔文学奖得主加西亚·马尔克斯致敬，请他致开幕辞。文中废除拼写规则的观点引发了极大争议。

十二岁那年，我差点被一辆自行车撞着。一位神父经过那儿，大叫了一声："小心！"骑自行车的人应声倒地。神父没停脚，只对我说："瞧见没？语言的威力有多大！"没错，就在那天，我明白了语言的力量。而今天，我们知道，玛雅人更是早就明白了，还明白得相当透彻，专门设立了语言之神。

语言从未像今天这样威力巨大。在语言的统治下，人类即将迈入第三个千年。所谓图像正在取代语言、语言要遭灭顶之灾的说法纯属无稽之谈。相反，图像使语言威力倍增。现实生活中的巴别塔从未像今天这样气势恢弘，包括这么多有影响、有权威、有意志的语言文字：报纸杂志、休闲图书、广告海报上自创的、遭蹂躏的，抑或被神圣化了的文字；电台、电视台、电影、电话、扬声器里说出来、唱出来的文字；大街上醒目的粗体标语、阴暗处耳边的甜言蜜语。因此，不，要遭灭顶之灾的是沉默！同一个意思,在这么多语言里有这么多不同的说法,要想全搞明白,可不容易。于是,各种语言便离家漂泊,相互混杂,殊途同归地奔向早晚诞生的地球语。

西班牙语应严阵以待,迎接语言无国界的伟大时代的到来。它没有其他语言所具备的经济优势,但它有活力,有创造力,有丰富的文化经验和迅猛的扩张力。到本世纪末,它将拥有一千九百万平方公里的土地和四亿民众。难怪美国一位西班牙语教师说,课上一直在帮拉美不同国家的学生做翻译。令人惊讶的是,动词pasar①有五十四种含义;厄瓜多尔有一百零五个描述男性生殖器的名词,却没有一个condoliente②这种能够顾名思义,且亟待补充的词。在我们的日常生活中,诗意的表达随处可见,令一名年轻的法国记者赞叹不已。羊羔一个劲地悲鸣,吵得孩子睡不着觉,孩子说:"简直就是路灯。"哥伦比亚瓜希拉的一名供应军粮的妇人不爱喝蜜花茶,说有股耶稣受难日的味道。堂塞巴斯蒂安·德科瓦鲁维亚斯③在他那本令人难忘的词典中亲笔写下:黄色是恋人的颜色。难道我们没尝过窗户味的咖啡、墙角味的面包和亲吻味的樱桃吗?它们都是长久以来语言不甘寂寞、锋芒毕露的结果。我们不该限制它,恰恰

---

①西班牙语,有"经过"、"移动"、"发生"、"遭受"等多重含义。
②马尔克斯根据西班牙语构词法生造的一个词,意指"哀悼的,哀悼者"。
③塞巴斯蒂安·德科瓦鲁维亚斯(Sebastián de Covarrubias, 1539–1613),西班牙语词汇学家,1611年编辑出版的《西班牙语词典》是解读西班牙"黄金世纪"文学作品的主要工具书。

相反，我们应该让它从清规戒律中解放出来，轻松迈入二十一世纪。

因此，我斗胆向在座睿智博学的各位提议：在语法简化我们之前，先让我们简化语法。将语法规则人性化；向表达丰富、值得借鉴的土著语言学习；在科技新词贸然闯入之前，彻底掌握，迅速吸收；真心实意地与野蛮的副动词、猖獗的 que、寄生虫似的 de que 谈判；①将虚拟式现在时变位的重音落回至倒数第三个音节，不说 vayamos，说 váyamos，不说 cantemos，说 cántemos，不说刺耳的 muramos，说悦耳的 muéramos；废除我们自出娘胎起便无比痛恨的拼写规则，埋葬远古时代的 h，明晰 g 和 j 的使用范围，多多使用方便合理的重音符号，让谁也不会将 lágrima 读成 lagrima，谁也不会混淆 revolver 和 revólver。b 和 v 有什么区别？西班牙祖先给我们带来两个字母，但似乎总有一个多余！②

当然，这些问题不过是随口一提，好比扔进海里的漂流瓶，希望能漂到语言之神的手里。如果这番话斗胆包天，属于大放厥词，那无论语言之神还是在座的各位都会自然而然地发出感叹：还不如让我在十二岁那年被自行车撞死算了！

---

① 这些都是西班牙语中常见的冗赘用法。
② b 与 v 在西班牙语中发音相同。

## 二十一世纪遐想

1999年3月8日 法国 巴黎
"迎接新千年:拉美与加勒比地区"讲习班

讲习班由美洲发展银行与联合国教科文组织于3月8日和9日在巴黎联合举办。加夫列尔·加西亚·马尔克斯作为特邀嘉宾，致简短的开幕辞。

四十年代，意大利作家乔万尼·帕皮尼说了句刻毒的话："美洲是用欧洲的垃圾做成的。"气得我们的父祖辈暴跳如雷。可在今天，我们有理由怀疑，他说得没错。而且，更令人痛心的是：之所以造成这种局面，错在我们自己。

西蒙·玻利瓦尔颇有先见之明，他在《牙买加信札》中精辟地写道，"我们是人类中的一小部分"，希望我们能有自己的身份认同。他还说，希望在拉美建成世界上最大、最富、最强的国家。他受英国人的罪——欠英国人的债我们到现在都没还清；他受法国人的罪——他们想卖给他法国大革命的残羹剩饭。风烛残年的他终于忍无可忍地说："就让我们安安静静地走过我们自己的中世纪吧。"但到头来，我们还是沦为梦想破灭的试验基地。创造力原本是我们最大的优势，然而，当倒霉的克里斯托弗·哥伦布在寻找印度的途中偶然发现了我们之后，我们便一直在过时的教条和他人的战争中挣扎求生。

几年前，我们在巴黎的拉丁区比在拉美的任何国家都更容易碰面相识。在圣日耳曼德佩区①的咖啡馆，我们无需互问姓名，便谈起里瓦达维亚海军准将城②的大风吹来查普尔特佩克区③的小夜曲、巴勃罗·聂鲁达在加勒比的黄昏中喝着康吉鳗鱼汤怀想千里之外的美丽故乡。因此今天，我们谁也不会奇怪，为什么我们要越过广阔的大西洋，在巴黎相见。

在座的四十岁以下的梦想家们，纠正过去那些大错的历史使命就落在你们肩上。记住，这个世界上的许多事，从心脏移植到贝多芬四重奏，在成为现实之前，都装在创造者的脑子里。不要对二十一世纪有所期待，是二十一世纪对你们有所期待。即将到来的这个世纪，不是一个流水线上的工业产品，而是要靠你们，按照我们自己的喜好和想象塑造出来。只要你们敢想，它就会是和平的世纪，我们的世纪。

---

① 法国巴黎的一个城区。
② 阿根廷南部港口城市。
③ 墨西哥城的一个城区。

## 远离却深爱的祖国

2003 年 5 月 18 日　哥伦比亚　麦德林
"寻公平发展，在科技领域建立社会新契约"国际研讨会为庆祝安蒂奥基亚大学两百周年校庆，加夫列尔·加西亚·马尔克斯录制此演讲，寄往麦德林，并于国际研讨会开幕当天下午六点在卡米洛·托雷斯剧院播放。

"别看咱们老赶上电闪雷鸣,这说明很快就要雨过天晴。咱们总会有赶上好事的时候,因为好事坏事都是有头的,既然坏事拖了这么长时间,好事也就不远了。"①

堂米格尔·德塞万提斯·萨维德拉这段精妙的论述当然不是指今天的哥伦比亚,而是指他自己生活那个时代的西班牙,但没想到这么贴切,搬过来就能用。不过,如果堂米格尔在世,生活在今天的哥伦比亚,这么漂亮的话他也说不出来。单是去年发生的两件事就足以让他幻想破灭:近四十万哥伦比亚人迫于暴力逃离家园;半个世纪以来,逃离总人数已约三百万。这么多人口,足以再建一个与波哥大密度相似、或许比麦德林面积还大的国家。在那里,人民除了身上穿的衣服再无其他财产,漫无目的地四处

---

①摘自《堂吉诃德》第十八章,此处参照浙江文艺出版社1996年董燕生译本。

流浪，只想找个栖身之所。不仅如此，在这个蛮不讲理的世界，有两桩一本万利的买卖：毒品交易和非法出售武器，由这两者衍生出来的暴力，更是令流亡的人民深受其害。

这只是让哥伦比亚民不聊生的冰山一角。巨大的黑市支撑着欧美乃至全球的毒品买卖，而哥伦比亚对此有着截然不同、互相对立的两副面孔：卖得凶，禁得也凶。任何买卖都是越禁越火，毒品不合法化，毒品交易就不能铲除，毒品交易不铲除，哥伦比亚的暴力就不会走到尽头。

公共秩序乱象丛生，四十年葬送了不止一代社会边缘人群。除了滋事犯罪，他们没有别的活路。作家R. H. 莫雷诺·杜兰[①]一语中的："没有死亡，哥伦比亚便没有生的迹象。"我们自出生起就是犯罪嫌疑人，死亡时更是罪孽深重。从多少年前起，和谈就总会酿成血案，只有极少数例外，让人铭刻在心。跨出国门干任何事，从正常的出门旅行，到单纯的进出口贸易，哥伦比亚人都得首先证明自身的清白。

总之，我们的政治环境和社会环境从不利于建设祖祖辈辈心中梦想的和平国家。哥伦比亚早早地饱尝了不平等的政体、宗教为本的教育、原始的封建制和根深蒂固的中央集权制带来的危害。首府波哥大高高在上，脱离现实，自我陶醉；两大党派亦敌亦友，天长地久；大选血流成河，落入人为操控；古往

---

[①] R. H. 莫雷诺·杜兰（Rafael Humberto Moreno Durán, 1945–2005），哥伦比亚作家。

今来，就没有哪任政府真正为人民着想。两大政党，二十九场内战，三场军事政变，狼子野心，昭然若揭。哥伦比亚社会似乎魔鬼附体，厄运缠身。遭受压迫、深陷苦海的祖国渐渐学会了强作欢颜，甚至苦中作乐。

就这样，我们几乎到了活不下去的地步。可一些幼稚的人依然当美国是北方乐土——他们坚信，在我们自己的国家，连平安入土都属不易——可到了那儿，他们才发现，那是一个鼠目寸光的帝国，哥伦比亚在他们眼里，既不是好邻居，也不是廉价可靠的盟友，而仅仅是帝国扩张的又一个对象。

好在有两个与生俱来的天赋帮我们弥补了文化条件的不足，让我们在摸索中寻求身份，在迷宫中寻求真理。一是创造力，二是提升自我的坚定决心，这两项天赋都是优点。早在很久很久以前，从西班牙人登陆那天起，拉美土著便有如神助，计上心来。见西班牙征服者读骑士小说读昏了头，他们便巧言劝诱，说什么有一座纯金打造的精美城池，浑身涂满金粉的国王在翡翠湖中洗浴。这都是为了活命想出的主意，是魔幻加创造性想象的杰作。

五百多万哥伦比亚人，就凭着胆子大、脑子灵，逃离苦难的祖国，去海外求生存。为了活命，他们身上依然能见到老祖宗当年的狡诈。在印度当托钵僧、在纽约教英文、在撒哈拉赶骆驼：是创造性的想象拯救了我们，让我们不致饿死。正如我在一些书中所言（如果不是在所有书中的话），理论中的梦想多半只能聊以自慰，我更信赖现实中的荒唐。因此，我认为，在灾难中，还有一个尚未被发现的哥伦比亚：它藏身暗处，不会再陷入我们在历史上一错再错的覆辙。

眼见着哥伦比亚人的艺术创造力走向鼎盛，对于我们是谁、我们能做什么这些问题有了彻底清醒的认识，我一点儿也不奇怪。我想，哥伦比亚正学着靠坚不可摧的信念活下去，它愈挫愈勇，愈压愈强。残暴的历史打得它一盘散沙，但饱经苦难的经历却能使它重获新生，再度彰显这个民族的伟大。见证这一个个的奇迹，让我们永远都明白自己出生在什么国家，明白如何在两种互为矛盾的现实间求得生存。因此，看到仍然蒙受着历史灾难的祖国有了新的自我认识，开始健康蓬勃地发展，我一点儿都不感到奇怪。民众的智慧一路前行，我们千万别在家门口坐等，要去大街上盛迎，也许连祖国自己都没想到，我们最终会战胜一切，在四处寻觅中找到救国存亡的路。

没有比这更好的机会，让我暂离我所困守并深深眷恋的书斋，为安蒂奥基亚大学两百周年校庆这个历史性的日子说几句话。这是个从头开始，对祖国倾注最大热爱的大好机会，我们无愧于祖国，祖国也会无愧于我们。就凭这点，我敢说，堂米格尔·德塞万提斯的愿望在今天已看到了曙光：折磨我们的坏事总会比好事短。如今，这么多条路，该走哪条才能让大家活得永远太平，享受应有的权利，就要靠我们取之不尽、用之不竭的创造力来确定了。

我的话完了。

敞开心扉，拥抱西语文学

2007 年 3 月 26 日　哥伦比亚　卡塔赫纳
面对西班牙皇家语言学院院士与西班牙国王

卡塔赫纳会议中心，第四届西班牙语国际会议开幕式上的讲话。会议向3月6日年满八十的加夫列尔·加西亚·马尔克斯致意，并为纪念《百年孤独》出版四十周年、马尔克斯荣获诺贝尔文学奖二十五周年，发行《百年孤独》纪念版。

写《百年孤独》的日子里，我做过许多梦。但我做梦也没想到，它会一版发行一百万册。一百万人决定去读一本全凭一人独坐陋室，用二十八个字母、两根指头敲出来的书，想想都觉得疯狂。今天，西班牙皇家语言学院又决定将一本已经在百万读者面前晃过无数次的小说再版发行一百万册，把我这个睡不着觉的写书匠着实吓了一跳，到现在都没恍过神来。

　　这不是，也不能算是对作者的承认。这一出版奇迹无可辩驳地表明：想读西语小说的人无以计数。今天，作为作者，我面红耳赤地接过这第一本超大发行量版的《百年孤独》。一百万册书，不是对作者的一百万次致敬，而是说明有几百万西语读者对这份精神食粮翘首以待。

　　从那时到现在，我的工作一直都没有变过。七十多年来，我埋头苦干，不停地用两根食指有节奏地敲出永恒不变的二十八个字母。今天,我抬起头,心怀感激地来参加这次纪念盛会,不禁要停下来想一想,究竟发生了什么。我看到的是:当年,面对着空白稿纸,我还不知道读者会在何方;如今,无数人对西语文学如饥似渴。

如果把《百年孤独》的读者聚拢在一个国家,那里的人口排名能进全球前二十。这不是为了自夸,我只想说,这些人的阅读习惯表明,他们乐意敞开心扉,拥抱西语文学。这是对所有西语作家、诗人、叙述者和教育工作者的挑战。激发兴趣,壮大读者群,是我们这个行当,当然也是我们自身的真正使命。

我从二十岁开始出书,三十八岁已经出了四本。当我坐在打字机前,敲出"多年以后,面对行刑队,奥雷里亚诺·布恩迪亚上校将会回想起父亲带他去见识冰块的那个遥远的下午"时,压根不知道自己想说什么,这句话从哪儿来,将往哪儿去。我只知道,十八个月里,我天天写,没有一天不写,直到写完。

很难相信,当时最窘迫的问题之一居然是缺打字机纸。我老觉得,文章有打字错误、语言或语法错误,都是创作上的失误。因此,我有错就撕,撕了就扔,重新再来。照这个用法,一年算下来,估计写本书,光买纸就得花掉六个月的稿费。

埃斯佩兰莎·阿拉伊萨,令人难忘的佩拉,她给众多诗人和电影人当过打字员,也誊过不少墨西哥名家名作,比如卡洛斯·富恩特斯的《最明净的地区》、胡安·鲁尔福的《佩德罗·巴拉莫》,以及堂路易斯·布努埃尔的好几个原创剧本。我请她誊最终稿时,稿子涂改严重,为了避免混淆,我先用黑笔改,之后又用红笔改。可对于在此行摸爬滚打了多年的佩拉来说,那实在算不了什么。多年后,她告诉我,那天瓢泼大雨,她带着我修改完毕的终稿回家,下公交车时滑了一跤,稿子飞了一地,又是泥又是水。在其他乘客的帮助下,她把被雨淋湿、几乎无法辨认的书稿一张张从地上捡起来,带回家用熨斗一张张熨平。

那段日子,我一分钱都不挣,梅塞德斯和我,外加两个孩子是怎么活下来的,这绝对能写本更好看的书。连我也不知道梅塞德斯是如何做到的,总之那几个月,家里天天都还能揭得开锅。一开始,我们还不想走借贷这条路,后来心一横,终于头一回去了当铺。

先当了些零头碎脑的玩意儿,以解燃眉之急,后来又去当梅塞德斯多年来从娘家得来的首饰。当铺的专家就像外科医生那样严谨,对耳环上的钻石、项链上的祖母绿和戒指上的红宝石一一用秤称、用"魔眼"看,最后,他像见习斗牛士那样立住脚不动,斗篷一甩,将首饰一股脑地抛还给我们,说:"全是玻璃的。"

在最艰难的日子里,梅塞德斯算了算账,不动声色地对房东说:

"我们想,房租六个月后一块儿付。"

"对不起,夫人,"房东对她说,"您知道那是多大的一笔数目吗?"

"我知道。"梅塞德斯依旧不动声色地回答,"您放心,到时候一切都会解决。"

好心的房东是政府高官,是我们所认识的最有风度、最有耐心的人之一,他一样不动声色。

"那好,夫人,有您这句话就行。"他算出那笔大数目,"九月七日,我等您。"

终于,一九六六年八月初,梅塞德斯和我去墨西哥城邮局,将《百年孤独》的定稿寄往布宜诺斯艾利斯。书稿打印在普通稿纸上,双倍行距,共五百九十页,扎了个包裹。收信人是南美出版社的文学总编弗朗西斯科·波鲁阿。

邮局的人称了称包裹,算了算,说:

"八十二比索。"

梅塞德斯数了数钱包里剩的纸币加硬币,实话实说:

"我们只有五十三比索。"

我们拆开包裹,分成两半,先把一半寄去布宜诺斯艾利斯,剩下那一半,要怎么凑钱寄过去,我们心里完全没谱。后来发现,寄走的是后半部,不是前半部。钱还没凑够,南美出版社的帕克[①]·波鲁阿就迫不及待地想看前半部,给我们预支了稿费。

就这样,我们获得了新生。

---

① 弗朗西斯科的昵称。

## 编者的话

加夫列尔·加西亚·马尔克斯收在这本集子里的文章都是公开演讲时朗读用的,时间跨度基本涵盖了他的一生,从一九四四年十七岁在锡帕基拉送别学长,到二〇〇七年面对西班牙皇家语言学院院士和西班牙国王。

从开头几篇能看出,这位哥伦比亚作家对演讲很排斥。"我不是来演讲的。"这是他首次登台演讲时对国立男子中学同学的提醒,被作者选来当书名。下一篇《我是如何走上创作道路的》,一九七〇年演讲时,《百年孤独》已大获成功,他又提醒听众自己对演讲有多反感:"对我而言,文学创作就和登台演讲一样,都是被逼的。"第三次,一九七二年领罗慕洛·加列戈斯奖,他说:"我曾发誓绝不做两件事:领奖和演讲。今天……连破两例。"

十年后,加夫列尔·加西亚·马尔克斯荣获诺贝尔文学奖,必须要写一篇身为作家、一生最重要的一次演讲,结果诞生了一篇杰作：《拉丁美洲的孤独》。此后，演讲成为他作家生涯的重要组成部分。屡获大奖、备受仰慕的他，受邀去全球各地演讲。

为了出版这本集子，我有幸与作者并肩作战（真的是肩并肩，肘碰肘），修订书稿。除了正常校对，他还决定给有些原本只按场合来分的讲稿加个题目，如获罗慕洛·加列戈斯奖的那篇，叫《为了你们》。加西亚·马尔克斯"一向视演讲为畏途"，重读这些散落或被遗忘的文字，让他与演讲冰释前嫌，握手言和。他说："读这些讲稿，让我再一次发现，身为作家，我是如何一点点改变，一点点成长的。"演讲稿中，有关于文学的讨论，也有作者的人生轨迹，能使读者对他有更深入的了解。

感谢加夫列尔·加西亚·马尔克斯和夫人梅塞德斯·巴尔恰，感谢他们在工作中永远热情好客，宽宏大度，使此书得以顺利完成。感谢他们的孩子罗德里戈和贡萨洛，感谢他们身在远方，依然对此书表示出浓厚的兴趣，感谢他们发现了一篇被遗忘的演讲稿，感谢他们对标题和封面提出的宝贵意见。最后，感谢耶鲁大学的阿尼瓦尔·冈萨雷斯－佩雷斯教授，感谢他在编辑此书的过程中一直陪伴着我，开篇演讲也是他找到的。

克里斯多瓦·佩拉

YO NO VENGO A DECIR UN DISCURSO by GABRIEL GARCÍA MÁRQUEZ
© GABRIEL GARCÍA MÁRQUEZ, 2010
La soledad de América Latina © The Nobel Foundation, 1982
All Rights Reserved.

图书在版编目(CIP)数据

我不是来演讲的/〔哥伦〕马尔克斯著；李静译.
-海口：南海出版公司，2012.1
ISBN 978-7-5442-5189-1

Ⅰ.①我… Ⅱ.①马…②李… Ⅲ.①随笔-作品集
-哥伦比亚-现代 Ⅳ.①I775.65

中国版本图书馆CIP数据核字(2011)第209801号

著作权合同登记号 图字：30-2011-151

## 我不是来演讲的

〔哥伦比亚〕加西亚·马尔克斯 著
李静 译

| | |
|---|---|
| 出　　版 | 南海出版公司　(0898)66568511 |
| | 海口市海秀中路51号星华大厦五楼　邮编 570206 |
| 发　　行 | 新经典文化有限公司 |
| | 电话(010)68423599　邮箱 editor@readinglife.com |
| 经　　销 | 新华书店 |
| 责任编辑 | 黄宁群　刘灿灿 |
| 封面插图 | 韩　笑 |
| 装帧设计 | 金　山 |
| 内文制作 | 王春雪 |
| 印　　刷 | 北京汇林印务有限公司 |
| 开　　本 | 850毫米×1168毫米　1/32 |
| 印　　张 | 5 |
| 字　　数 | 95千 |
| 版　　次 | 2012年1月第1版 |
| 印　　次 | 2012年1月第1次印刷 |
| 书　　号 | ISBN 978-7-5442-5189-1 |
| 定　　价 | 28.00元 |

版权所有，未经书面许可，不得转载、复制、翻印，违者必究。